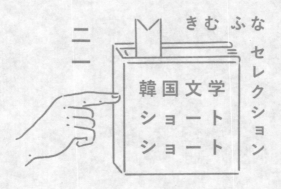

きむ ふな セレクション

韓国文学ショートショート

二

偶像の涙

全商国 著

金子博昭 訳

学校の講堂裏のひっそりした場所に連れ込まれ、生まれて初めてあんな恐ろしいリンチを受けた。反撃ひとつできないまま徹底的にやられた。たとえ声を上げられたとしても、駆け付けてあの恐怖から僕を救い出せる人は誰ひとりいなかっただろう。土曜の午後遅い時間で、図書室から講堂まで連れていかれる間に校庭に人影がちらつくのを見ることはなかった。その上、講堂はグラウンドを挟んで本館からかなり離れた場所にあった。留年組は全部で七人。彼らは無言劇でも演じるかのように言葉少なだったが、動きは素早く確実だった。ギピョが上着を脱いで投げ捨てると、右手に握ったサイダーの瓶を壁に叩きつけた。割れて飛んだガラスの破片が彼のまくり上げた肘をかすめて傷をつけ、その肌から赤黒い血が蕾（つぼみ）のように滲み出した。ギピョはその肘を僕の目の前に突き出した。舐（な）めろ！ ギピョではない別のやつが言った。顔をそむけてそれを避けようとすると、取り囲んだ三、四人が靴のつま先で僕の向こう脛を蹴りつけた。べったりした液体が舌に触れると吐き気がした。はらわたが裏返るよ

〇〇三

うな気持ち悪さが込み上げ、全身が震え出した。自分でも計り知れない恐怖を感じ、膝をついて両手を擦り合わせて赦しを乞うた。彼らは僕を立ち上がらせた。ベルトを抜かれてズボンを下ろされ、露わになった太腿の肌に刃先が刺さるような痛みを感じた。両脇を掴まれたまま激しくもがいた。耐えがたい痛みだ。刃先はかなり長い時間、太腿に刺さっていたように感じた。肌が焼ける匂い。刃物ではなく、彼らは煙草の火を太腿の五ヵ所に押し当てていたのだ。声を上げたら殺してやるからな。ひとりが僕の耳元で囁く。やがて崩れ落ちるかのように意識が遠のき始めた。ぼんやりとした意識の中で、ギピョがつぶやいた一言は聞き逃さなかった。

「ムカつくことするんじゃねえよ！」

彼らが僕にリンチを下した理由は、呆れたことにそれだけだった。二年生の留年組が僕を最初の標的としたのは、僕が彼らの目にムカつくやつと映ったからだった。

「ユデ、おまえこのまま黙ってるつもりか？」

街の食堂で会ったヒョンウが僕の気持ちをこっそり探りにきた。誰に打ち明けずとも噂はすぐに伝わった。噂が静かに広まり続けた数日間、僕は恐怖に震えていた。先生の耳にまでそれが届いて問題になると、恐らく僕の方が潰されるだろう。ギピョは

そんなことを十分にやってのけるやつだった。

「あいつは悪魔だ」

ヒョンウが同情を込めた目で僕を唆す。誰に対しても同じ反応をした。そこには、ものすごいことを耐え抜いたという優越感のようなものもあった。僕をけしかけるヒョンウの目に、自分もいずれやられるだろうという恐れと、僕への羨望の眼差しが同時に潜んでいたのを見逃さなかった。ヒョンウもギピョにやられることは目に見えていた。それはギピョと同じ船に乗ってしまった僕らの共通の運命と言えた。

その日、クラス編成が終わり身長順に各自の番号と座席をすべて決めたあと、新たに担任となった金先生が言った。

「これより、六十六人が運命をともにする船の歴史的な出航を宣言する。目的地に着くまでひとりの落伍者も離脱者も出ないことを心から祈る。同時にはっきりさせておくが、われわれの航海を邪魔する者、順調に進む航路を惑わす者は容赦しない。木を剪定するときに逆さ枝を切り落とすように、君たちの航海に逆行する者がいたら君たち自身で厳しく取り締まってほしい。さらに大切なことは、一年間の一糸乱れぬ航海

〇〇五

のため、互いに愛情と信頼をもってクラスをひとつにまとめるよう助け合うことだ」

新しい担任の先生は、理科の教師らしくないうまい比喩を使ってクラスの生徒に何かを吹き込もうと懸命だった。担任としては、何事もなく平穏に一年を終えることが大切なのだろう。

「手綱は君たち自身の手に握られている。必要と思うときは、君たち自らその手綱を引いてコントロールしてほしい。私が最も心配するのは、君たちがその手綱を私に握らせることだ。私は自律という言葉が好きだ」

金先生は、自律という言葉の魔法で僕らを縛ろうとしていた。ある演劇雑誌で、熟練の演出家は俳優自らが演出するよう仕向ける秘訣を持っているという記事を読んだことがある。立派な担任と出会ったものだと、生徒の多くは期待に胸を膨らませて座っていた。前年度の十四学級から四、五人ずつわけられて編成された新しいクラスは、ずいぶん静まりかえっていた。僕には何だか、こんな張り詰めた空気が滑稽に感じられた。数日もすれば緊張感は緩んでいくのに、肩に力を入れて先生の言葉に耳を傾けているなんて馬鹿らしい。みんなの緊張を解いてやりたい衝動が湧いてきた。

「先生、僕らが乗ったこの船の船長は誰ですか?」

〇〇六

僕はすっくと立ち上がってそう尋ねた。船長は一体誰だというのか。自律という言葉で僕らを縛っておきながら、実は頭上から王のように君臨しようとしている先生の目論見を突いてみたくなったのだ。突然の僕の質問に、生徒たちは緊張で固くなっていた体を緩めた。

「この船の船長は誰か、そう尋ねる者の番号と名前は？」

先生は顔一杯に微笑を浮かべて余裕ありげに僕を見つめた。反撃を受けた僕は顔を赤らめ、中度半端に腰を浮かした。

「三十五番、イ・ユデです」

「イエスを裏切ったあのユダか、それともイスラエルのユダヤのことか？」

ははは、と生徒たちの間に笑いが起きた。

「スモモの李、美しい玉の瑜、大きい大と書いて、李瑜大です」

「よろしい。イ・ユデ君が今から一週間、二年十三組の臨時船長だ。もちろん一週間後に正式な船長を選出する。もう一度強調しておく。この船の主人は君たち自身だ。

＊1【イエスを裏切ったユダ、イスラエルのユダヤ】 韓国語ではいずれも「ユデ」と発音する。

〇〇七

イ・ユデ船長、私の言っていることがわかるな?」

生徒たちが大声で笑い、手を叩いた。級長をやりたくてたまらないやつだってさ、そう声を上げる者もいた。ばつの悪いことになってしまった。つまらない冗談を言ったつもりが、先生の素早い機転でなすすべもなく臨時の級長の冠を被せられてしまった。尻尾を巻く暇も与えないまま、金先生は最初の学級会議を終えた。こうして臨時級長になってしまったことが決定打になって、ギピョの癇に障ったのだろう。

「ユデ、一週間ほど級長をやってみてうちのクラスについてどう思う?」

金先生が家庭訪問にやってきた。学校で会うときと家で会うときの先生のイメージは全然違うことが多い。学校で会うときよりずっと丁寧な対応をしてくれるけれど、かえって気まずくて体が縮こまる。これまでの経験では、担任の家庭訪問のあとは毒気を抜かれておとなしくなってしまうのだ。そして大抵の場合、家庭訪問で担任はさまざまな情報を聞き出そうとする。

「この子のクラスの子たちが、いい先生が来てくれたって喜んでいるそうですよ」

そばで母さんがお世辞を言っても、先生は僕の顔から視線をそらさず聞こえなかっ

〇〇八

たふりをした。いい先生とはどんな人のことか、生徒たちはわかっている。無条件に生徒の立場を理解してくれた上で、それを軽はずみに口外しない人のことだ。

「ユデが引き続き級長を務めてはどうだろう」

先生は、母さんの耳を意識しながらそう言った。

「いえ、僕にはそういう役割はふさわしくありません」

僕がきっぱりとそう言うと、母さんが口を挟んだ。

「そうなんです、先生。この子は級長なんて死んでもやだって言ってるんですよ」

ちょっと未練がましそうだったが、母さんは僕が望んだとおりのことを言ってくれた。級長なんてやったら成績が落ちるに決まってる、という僕の言葉が記憶に残っているのだ。人前に立つこと、人より一段高い場所に立つことがどれほど心細く煩わしいことか、母さんの強い勧めで中学の三年間ずっと級長をやって痛いほどわかった。

僕には死ぬほど窮屈な体験だった。他人を操るなんていう自由より、操られることで得られる心の平和の方がほしかった。孤独にはなりたくない。ギピョのような連中が持っている支配欲とその内側で煩悶する孤独の影を、僕はおぼろげながら見たような気がしていた。

「そうですね。確かにユデは級長をやるよりは勉強に打ち込む方が合っているようです。残念ですが、本人のためには私が引き下がるしかありませんね」

わが担任は、手際よく物事をまとめることにかけては達人のようだ。ともかく僕はしがらみから抜け出せることになり、先生の言うとおりであれば誰かが代わりに犠牲にならなければならない。

「イム・ヒョンウ、あいつなら級長にふさわしいだろうか」

この一週間で、先生はわれわれについてかなり詳しく把握したようだ。生徒を見る目はさすがだった。級長になりたがっているのは誰か、わかっていたのだ。

「ヒョンウなら間違いないです」

僕の言葉を聞いて母さんが割って入った。

「ヒョンウだって？　あら、またヒョンウと同じクラスになったのかい？　先生、この子とヒョンウは中学のときから仲がいいんですよ。あの子といつも全校の一、二番を競ってましたから。グループ課外[*2]もずっと一緒で……。うちの子の方が大体上でしたけど……。そうですね、あの子なら級長にふさわしいですよ。統率力もすごくある子ですよ」

〇一〇

中学の三年間、息子に偉大な統率力が出現するのを心待ちにしていた母さんの無念さが滲むその言葉通り、ヒョンウは級長にふさわしい資質をいろいろと備えていた。落ち着きがあって、たまに傲慢なときもあるが、決めたことは何があってもやり抜く決断力があった。学校側の指示はひとまず肯定的に受け止めるものの、どこかおかしいと思えば強く反対するような勇気も持っていた。そんな性格から、彼は生徒たちに人気があった。

「それから、うちのクラスに問題になりそうな生徒はいないよな?」

最初の学級会議で言った、航海の邪魔になりそうな逆さ枝があるなら耳打ちせよということだろう。不意に、煙草の火を押し付けられていまだ膿が流れる太腿を見せつけたい衝動にかられた。ひょっとしたら先生も、僕の口からギピョの話が出るのを期待しているのかもしれない。ギピョの一年のときの担任から、あいつはトラブルだらけの留年生だということを伝えられたのは間違いない。でも、僕の口からは言えな

＊2 【グループ課外】 複数の生徒がグループを組んで、学校外の講師から個人宅などで特定の科目の指導を受けること。

〇一一

かった。母さんの前で同級生を非難するようなことはできないと思った。

「チェ・ギピョ、あいつは大丈夫か?」

先生が注意深く僕の反応を探った。僕は、太腿の火傷（やけど）の痕をさらけ出してしまったような薄汚い気持ちになり視線を避けた。

「チェ・ギピョっていうと、一年のときに落第した子だね?」

母さんは教育への関心が高かった。学校であったことを何でも知りたがって躍起になり、週に二回ずつ担任の先生に電話をかけていた。だが、すぐ近くにいる僕の太腿の火傷のことは知らなかった。チェ・ギピョの名前は知っていても、本当のところどんな生徒かを知らない大人たちに傷痕を見せるのは無意味だと思った。

「そうです。あいつは留年したことも問題ですけど、ただの問題児じゃありませんよ。一目でこれは犯罪型だ、そう見える顔ってあるじゃないですか。あいつがまさに典型的なそんな顔です。陰険で乱暴そうな……。一年のときの担任が、寿命が十年縮まったって言って私に同情していたんです。まあ、筋金入りでしょう」

「そんな子がどうしてまだ退学になってないんですか。校則が厳しいことで有名な学校なのに……」

〇一二

母さんが怪訝そうに表情を曇らせた。

「そこなんですよ。こいつがなかなか頭がよくてずる賢いので、退学になるほどの大事のときは表に出ずにすっと身を引くんです。間の抜けたやつが処分されるんですよ。何度か停学にはなりましたが、決定的な尻尾を掴ませないので退学を免れているんです」

ギピョが恐くて、あいつの傍若無人な復讐が恐ろしくて退学させられないなんて言えないだろう。それはともかく、僕は驚くしかなかった。数日の間にギピョについてもこんなに詳しく把握しているとは……。さすがにギピョは有名なやつだと思った。

さらには、ギピョの名を口にするときの先生は、顔まで赤く上気していた。

ふと、これからの一年間、担任とギピョの間に繰り広げられる熾烈な争いを想像してみた。これまでの結果から考えればギピョの勝算が大きいと思ったが、金先生もなかなか侮れないという予感もした。あるいは、この争いにイム・ヒョンウも一枚噛むことになるのかもしれない。彼がどういう立場に立つのかも興味深い。いずれにせよ、彼らの争いを傍から眺めるのはそれなりに面白いに違いない。

「昔と違って、生徒たちは教師を軽んじていますから……」

〇一三

先生は、母さんと一緒に自分たちの教育論について語っていた。

確かに。残念なことだが、僕らはいつごろからか学校の先生なんてちょっと気詰まりな存在くらいに思うだけで、むしろグループ課外の先生の、教えることに徹した教科指導に魅力を感じるようになっていた。その関係性はお互い様と言える。僕らが学校の先生に敬意を抱かなくなったのと同じように、先生たちの指導からも愛情が失われていったからだ。だからといって、グループ課外の先生のように徹底的に人情味を削ぐわけでもなく、学校の先生の態度にはどこか中途半端なところがあった。人を支配することについての考え方に違いがあったのだと思う。学校の先生たちはかつての訓長が享受したような権威がそのまま与えられることを望み、実際、変わりゆく価値観の中ではそれくらいが教師に与えられる唯一の見返りでしかなかった。だが、僕らはそんな古くさい権威をせせら笑い、もっと完璧で組織的かつ明確な権威の支配のもとに身を任せたいと思っていた。そうした思いの表れの一例として、僕の母さんは寸志ひとつで担任の先生を動かせると確信していたのだ。

「先生、そのギピョという生徒の家には行かれましたか?」

何かの話の最後に母さんが訊いた。

〇一四

「まだ行っていません。一年のときの担任も彼の両親には会えなかったそうです。あ
いつが間に入って邪魔をしているんでしょう。漢陽川[ハニャンチョン]の土手の集落に住んでいるのは
間違いないんですが、番地どおりに訪ねても家を探し出すのが難しいそうです。別の
生徒の話では、父親は脳卒中で寝たきりだったということですよ」

先生は、わが家への訪問を終えて他の家に行く途中、僕に言った。

「ユデ、おまえの力が必要だ」

「何のことですか？」

「クラスのために協力してほしいのさ。もちろん、おまえが教室での出来事をいちい
ち告げ口するような人間だとは思っていない。俺が望むのはただ、クラス全体のため
のユデからの助言なんだ。手伝ってくれるな？」

僕の顔が熱くなった。屈辱を感じた。先生は、僕を自分のスパイにしようとしてい

＊3 【訓長[フンジャン]】　朝鮮時代の民間教育機関（書堂・書院）の教師。知識人として地域の尊敬と信望を集め
ていた。

＊4 【寸志】　生徒の父母らが、見返りを期待して教師に内々に渡す金品を指す。韓国の教育現場でか
つて横行していた。

〇一五

るのだ。一年のときもそうだった。僕は担任の先生の望みどおり、教室での出来事を ひとつ残らず先生に伝えた。そのときは楽しかった。自分が歴史を作っているかと思 うような、そんな楽しみだった。僕の口から伝わった言葉によって魔法のように生徒 たちが一糸乱れず動き、それを何食わぬ顔をして眺めていられたのはひどく痛快だっ た。クラスのために自分が何か貢献しているような自負もなくはなかった。〈僕らみ んな〉のために自分の力が使われているという満足感もあって、そんな告げ口をやり 通すことができた。だが、見くびっていた多くの生徒たちから僕は仲間外れにされた。 僕は、〈僕らみんな〉の力を削ぐための、担任のしがないスパイでしかなかった。僕 を利用し尽くした担任の先生が、そのことを次の担任に引き継いだと知って怒りが爆 発しそうになった。

「悪く思うな、俺はただ……」

僕の表情がかなり強ばっていたのだろう。先生は僕の様子を窺いながら言った。

「ただ人間的な面からユデの力を借りたかったんだ」

「先生、そういうことならイム・ヒョンウがうまくやるでしょう。先生が心配してい るチェ・ギピョも、ヒョンウなら抑えられると思いますよ。明日、すぐにでもヒョン

〇一六

ウを級長に任命してください」

「そうか？　おまえの言うとおりヒョンウがギピョを抑えられればいいんだが……。ギピョを副級長にしたらどうかとも思っているんだが……」

「先生、それはギピョひとりのためですか、それともギピョの力を削いでクラスの生徒を守るためですか？」

金先生は、何を言いたいのかといった顔で僕をじっと見つめると、陰謀の一端がバレてしまった照れをごまかすかのように、

「多くの人に害になるような力は、根こそぎ抜いてしまうのがいいだろう」

と言った。

そんなやり方がギピョにこの世を渡り歩く力を与えているのかもしれませんよ……、と言おうと思ってやめた。その代わりこう言った。

「先生、ギピョは留年生ですし何度も停学になりました。そんなやつを副級長にしたらみんな気分がよくありませんよ」

ギピョが教壇に立って、学校の指示どおりにしてくれと生徒たちに請うような光景は、考えるだけでも不愉快だ。ライオンを檻に入れて手なずけようなんて、最初に発

〇一七

想したのは誰なのだろう。 僕は、自分の太腿の火傷の値打ちを決して下げたくなかった。

　春の校内運動会に向け、僕らは所定の体操着のほかにマスゲーム用のジャージを一着ずつ買うことになった。協同の心と調和の美を創り出すためにはなくてはならない物だった。不平を言う生徒も何人かいたが、そんなやつらも結局買った。だが、クラスの留年組二人は最後までそれを買おうとしなかった。 金先生が言った。

「二人のせいでクラスの一糸乱れぬ結束を壊すわけにはいかない。二人とも家の事情が厳しいと聞いている。 だから、担任として二人の分を準備したので受け取ってほしい」

　一人が戸惑いながらギピョの顔色を探った。 だが、ギピョは無表情なまま窓の方を眺めていた。 先生はジャージをギピョともう一人の生徒の机の上に置き、教室から出て行った。

　先生が教室を出るや否や、 ギピョはポケットからカッターを取り出してそのジャージを切り裂き始めた。 ぼろぼろになったジャージをゴミ箱に向かって投げ捨てた。 もう一人もギピョと同じように切り裂いた。 ギピョが、 クラスの会計担当のジョンスと

〇一八

いう生徒に近付いて言った。

「おい、おまえのジャージ、俺にくれないか？」

ジョンスがうなずいた。ジョンスの後ろの席の生徒にも同じことを言った。

「あいつも俺と同じで金がなくて買えないんだ。おまえのをよこせよ」

後ろの席の生徒もうなずいた。こうして、クラスの六十六人全員がマスゲーム用の

ジャージを揃って着ることになった。

僕らから見ると、ギピョは救いようのないやつだった。環境のせいというより、そ

もそもある種の暴力性を持っているように見えた。冷たい血が流れている動物という

べきか。蛇のように小さくてぞっとする目つき。狡猾な連中にたまにあるような、う

わべだけの善良ささえも見せることはない。ひたすら悪いだけのやつだった。愛情な

んて言葉で飾られるような行いを、死ぬまでする人間ではないだろう。本人も人から

愛されることなどないと思っていたのではなかろうか。表情は常に暗い毒気を帯びて

いて、向かい合う相手の背筋を凍らせた。

だが、わかりにくいのは、中学時代から彼を知っていた生徒たち（ほとんどが三年

生か卒業生）が、ひたすら悪いやつであるはずの彼について悪く言うのを聞いたこと

〇一九

がないということだった。もちろんいいやつだと言うこともなかったけれど、ギピョを悪く言うやつはひとりもいなかった。直接被害を受けた生徒でさえも彼の悪口を言わなかった。

言うのが恐いのさ。悪に対する恐怖心のせいだろ。

そう考えてみた。だが、その考えが間違っていることを僕は自分自身の経験でよくわかっていた。ギピョに対する恐怖心は、リンチされたそのときだけだった。リンチされたことを僕が誰にも打ち明けなかったのは、仕返しが恐かったからではない。あんなに無惨に痛めつけられながら、彼のことを嫌いにはなれなかった。言葉では言い表せない力が彼にはあった。

「先輩！」

同級生なのに、二年に在籍する留年生二十人余りを僕らは先輩扱いした。それは、留年組のリーダーであるギピョに対してとるべき当然の礼儀だった。

「なあ、体操着貸してくれよ」

誰が留年生かをよく知らず、無遠慮に話しかける生徒もたまにいた。そんなやつは間違いなく殴られた。前後のいきさつなど問わないのがギピョ流の悪の特徴だった。

〇二〇

——組織の名称、目的、会合の回数、全部吐け！

教室での集団殴打事件に彼らが引っ掛かったとき、生徒指導主任の先生が顛末書を突きつけて怒鳴り声を上げた。ギピョたちは一年のときから影のサークルとして目をつけられ、何度か調査を受けた。だが、指導主任の先生は彼らについて何も聞き出すことができなかった。彼らのことを知らなさすぎたからだ。

留年組というのは、僕らが便宜上つけた名前にすぎない。組織ではないから、目的や定期的な会合もなかった。動物映画を見ると、密林を走る獣の群れは一頭のリーダーを中心に同じ方向へと走っていく。彼らも同じだ。ギピョを中心にただ集まり、計画性などなく極めて偶発的に暴力を振るっただけだ。

ギピョは教室で煙草を吸った。煙草の隠し場所はゴッホの自画像の額縁の裏側だった。休み時間になると、額の裏を探って煙草を取り出した。ミッション系の学校だったので、週に何度かチャペルの時間があり、学校の牧師が人間の良心の堕落を嘆いたりした。あろうことかそんな時間にギピョは週番に代わって教室に残り、煙草を吸ったり他の生徒の弁当を食べたりした。彼は少なくとも日に二つの弁当に手をつけた。それに抗議する者はなく、彼もまた悪びれたり謝ったりしなかった。

ギピョたちにリンチされ、足を引きずりながら学校近くの路地を歩いたあの辛く長かった時間、僕が思ったのは、ギピョこそが僕らがよく言う悪魔の子ではないかということだった。

こんな話をすることができる親戚の兄さんに、僕の思いを話してみた。すると、兄さんはこう答えてくれた。

——そうだな。神が煙たがる悪魔っていうのは、おまえが言ったやつのように、善良さを持つ可能性が全然ない、そんな純粋な悪魔のことさ。純粋な悪魔だけが神を引き立たせることができるから、神は内心悩ましい。だからこそ、神は決して悪魔を永遠に追放しはしない。常にそばに置いて、自分を引き立たせるのに利用するんだ。

五月の中間テスト最終日の午後、級長のイム・ヒョンウがとうとう留年組にやられた。誰にも想像できなかったことだった。根っから暴力的なギピョでさえ、ヒョンウの言葉には耳を傾けた。それほどヒョンウはみんなの人望を集めるのに長けていた。彼の誠実さ、人のために自分を投げ打つ正義感、持って生まれた素直そうな容貌に、多くの生徒が惹かれた。他のクラスの先生たちの彼への好感度も並大抵の高さではなかった。ヒョンウは特にギピョに対して優しかった。弟が兄を慕うように隔たりなく

〇二二

付き合った。だからといってギピョにだけ取り入ろうとしているようにも見えなかった。他の生徒たちがギピョに対して持っている恐怖心のようなものもなさそうだった。

ところが、テスト間近になってヒョンウは決定的な失敗をした。試験の数日前のある日、ヒョンウがクラスの成績がいい生徒数人を集めた。

「あの二人をみんなで助けよう」

彼が提案した。

「今度のテストで失敗したらまた留年の可能性があるって、金先生が言っていたんだ。留年という変な制度のせいで、あの二人が救われないのをただ眺めているのは間違っていると思う。もちろん、勉強ができないのはあいつらの責任だけど、だからといって責任を取らせるにはかなり気の毒な状況にあるのも事実だ」

「つまり同情しようってことかい」

別の生徒が言った。

「人を助けるのは安っぽい同情とは根本的に違うよ」

「言い争うつもりはないさ。つまりはどう助けようということなんだ？」

さっきの生徒が言った。

〇二三

「少しずつ手伝ってやるんだ」

「不正行為をしろってことか？」

「そうだ。カンニングは校則違反だからしたくないって言うなら、しなくていい。俺はただおまえらに頼んでいるだけだ」

「バレたら？」

「責任はすべて俺が取る。俺がやらせたと言えばいい」

ヒョンウのきっぱりとした口調に僕らは感嘆した。

「でも、あいつらが手助けを拒否したら？」

別の生徒がそんな心配をした。十分あり得ることだった。

「拒否はしないと思う。実は四月のテストのときにちょっと試してみたんだ。だから自信をもって言える」

僕はヒョンウの目尻に狡猾そうな笑みが浮かんだのを感じた。黙っていられず尋ねた。

「誰のためにそんなことをするんだ？　ギピョか？　それとも俺たち自身のためか？」

〇二四

「ユデ、そんな質問には答える価値がないよ」

「答えろよ。答えられないわけじゃないんだろう？」

皮肉交じりに畳み掛けた。

「そうするのが正しいって思ったからだ。なぜ正しいかはおまえが自分で考えればいい」

「ヒョンウの正義感を尊重するよ」

僕があっさり引き下がると、ヒョンウは当然だというように、にやりと笑った。

「せっかく話が出たので言うけど、これは俺たちみんなのためにやるんだと思ってもいい。少なくとも級長の俺が、ギピョに取り入ろうなんて個人的な思いでやるわけじゃないことはわかってほしい。もうひとつの頼みだけど、これが俺の提案でなされたということがギピョにはわからないようにしてほしい」

僕らはヒョンウの言葉を信じた。自分がすべて責任を取るという言葉も、彼の本心と受け止めた。四月中旬ごろ、ギピョが三年の先輩を殴ったことで処罰されそうになったとき、彼を救おうとクラス全員が一致団結して署名行動を起こしたことがあった。そのときと同じように、僕らはヒョンウの指示にしたがい細かい計画を立ててテ

〇二五

ストの日を待った。どの科目を誰がどういう方法で手助けするか、彼らが留年しない程度の点数を取れるよう僕らは抜かりなく準備した。誰かのために力になるということが、こんなに心地いいものだということも初めてわかった。

三日間の中間テストの初日だった。ギピョの斜め前に座ったジョンスが位置のよさを利用して答案を右側の腰のあたりにずり下げ、ギピョから見えやすくした。一コマ目のジョンスのそんな好意をギピョがどう受け止めたかはわからなかった。ただ、彼は退席可能となる三十分が過ぎると最初に答案を置いて出ていった。終了後に答案を回収した生徒によれば、彼の答案はほとんど白紙に近かったという。二コマ目は英語だった。半分ほど時間が過ぎると、会計係の生徒が問題番号と答えを書いたカンニングペーパーを何人かの手を経てギピョに送った。

それが問題となった。ギピョがすっくと立ち上がって試験監督の先生の前に進んだ。

「誰かがこれを俺に送ってきました」

監督の先生に紙切れを差し出した。そして自席に戻ると敵意のこもった目で周囲を見回した。口元にはずる賢そうな微笑がゆっくりと浮かんで消えた。

試験監督は、寛大なことで評判の英語の先生だった。先生はギピョが差し出した紙

〇二六

切れを手に取ってしばらく見たあと、言った。

「誰がこのメモをさっきの生徒に送ったのかね？」

必死に問題を解いていた生徒たちがそれぞれ視線を上げたが、すぐに問題用紙に戻った。

「誰かね？」

答える者はいなかった。

「どいつの仕業だ？」

今度はギピョが席に座ったまま声を荒げた。

「先生、僕です」

級長のイム・ヒョンウが立ち上がった。先生が呆れたようにははっと笑った。

「違います。僕が書きました」

別の席の生徒がすっと立ち上がった。会計係の生徒だった。

「違います。僕です」

また別の生徒が立ち上がった。今回の企てに参加したひとりだ。

「僕です」

また別の生徒が立った。僕です。僕です。あちこちで続けざまに生徒が立ち上がった。

は、はは、はははは……。先生は予想外の事態に面食らっているようだった。ギピョも呆気に取られていた。

「みんな、座りなさい」

二、三十人が立ったところで先生も何かに勘づいたのか、生徒たちを席に座らせた。全員が着席すると、そのベテランの先生は言った。

「今日のことはなかったことにしよう。立派な生徒が揃ったクラスだ。メモをここに差し出した生徒の正直さも、友情の大切さを見せてくれた皆さんの決意も大変立派だった」

事はこんな形で始末がつけられた。英語のテストが終わると生徒たちは息を殺してギピョの様子を窺ったが、彼は席を外しただけだった。最後の三コマ目の試験も特に変わったことなく終わった。終礼も終わり、掃除の時間まで何も起こらなかった。

「ユデ、金先生がさっき呼んだ人たちを早く教務室に連れてこいって」

生徒のひとりが僕に声をかけた。終礼後、教務室に戻る途中だった担任の金先生が

〇二八

廊下に僕を呼び出し、掃除が終わったら僕と級長、それにジョンスに教務室に来るよう言ったのだった。

一緒に教務室に行こうと二人を探したが、見つからなかった。グラウンドに下りる階段脇の休憩室にも行ってみたが、そこにも二人はいなかった。先に教務室に行こうと階段を上ったところで、ジョンスが学校の裏門の方から走ってきて手を振っているのが見えた。

「級長はどうした？」

金先生は、その日終わった化学の答案用紙を整理しながら何気なく尋ねた。

「探しても見つからなかったので僕たちだけで来ました」

僕はジョンスの方を見ずに答えた。隣に立っているジョンスの息がまだ荒かった。

「わかった。おまえら二人でもいいだろう」

予想どおりだった。僕らは先生の採点マシンとして呼び出されたのだ。答案用紙を持った先生のあとについて、僕らは化学実験室に向かって階段を上った。

「俺は化学室にいるって小間使い[*5]に伝えてくれ。外から電話が入るはずだから」

廊下で先生が言った。僕は下の階の教務室に駆け下りた。のっぺりした顔つきから、

〇二九

僕らがノプチョギと呼んでいる小間使いの女の子が漫画を読んでいた。

「うちの担任の先生は化学室にいるからな。何かあったらそっちに連絡してくれ！」

ノプチョギは顔も上げずに、わかった、と答えた。

僕らは先生と一緒に生徒たちの答案に○×をつけていった。合っているものと間違っているもの、いい答えと悪い答え、賢いやつとできの悪いやつ……。僕らが○をひとつつけると、その生徒の点数は五点上がった。

「おまえら、今日は作業が遅いな」

先生の言うとおりだった。いつもと違い、今日はなかなか採点が進まなかった。ジョンスも僕も同じだった。ジョンスは目に見えてうろたえていた。僕も答案の内容が頭の中でこんがらがった。少なくとも七人の留年組に囲まれたヒョンウの跪き、ぶるぶる震えているのではないか。鳩尾を突く拳、向こう脛を狙う足蹴の洗礼、血が蕾のように吹き出すギピョの肘、太腿の肌を焼く匂い……。いーち、にいー、さーん、しいー、ごぉー……。声を上げたら殺してやるからな。石工が石を磨き上げるような緻密さで、彼らはヒョンウの肉体と魂を打ちのめすことに夢中になっているだろう。ジョンスが先生に言いつけて誰ヒョンウは今、どんな顔で何を思っているだろうか。ジョンスが先生に言いつけて誰

〇三〇

か助けに来るのを待っているのか。それとも、死を覚悟して彼らに淡々とした態度を見せているのか。僕はわざとジョンスの目を見つめた。僕を見るジョンスの目が、哀願するかのように赤くなっていた。そんなに恐けりゃおまえが言え！　目でそんな合図を送ったが、首の周りまで赤くして俯くだけだった。

「おまえらがよくやってくれるおかげで、今年はずいぶん順調にいきそうだ」

先生が採点の手を止めて煙草を吸い始めた。

「級長が思ったよりうまくやってくれているよ。おまえらも知っているとおり、うちのクラスが二年の中で一番だからな。春の運動会も総合優勝だったし、第二四半期の月謝の納付実績も断然トップで……」

僕はつい失笑し、ジョンスとまた目を合わせようとした。だがジョンスは顔を上げようとしなかった。まだ答案用紙一束の半分も終えてない。腹の中でもう一度笑った。

今ヒョンウがどういう目に遭っているか、先生が知ったらどんな顔をするだろうか。

「ちょっと意外だったのは、チェ・ギピョが聞いていたのとは違って羊みたいにおと

＊5【小間使い】　学校・官公庁・民間企業などで事務補助や雑務のため非正規で雇用された人。

〇三一

なしいってことだ。何回かいざこざはあったけど、あのくらいならどうってことない。あいつも本性はいいやつなんだが、家の状況が思わしくないんだろうな」

先生は、自分が使っている採点マシンが黙々と作業している様子を見て、いかにも満足そうだった。

「先生のご指導のおかげですよ」

僕が何も知らぬふりをして言うと、

「確かにこれまで、おまえらにはわからない問題がいろいろあった。人を教育するってことは難しいと改めて実感したし、そんな難しさがあるから教えがいもあるというものだ」

ジョンスがようやく顔を上げて僕を見た。額に汗がじっとりと滲んでいる。黒目が不安げに震えている。ひどく思い詰めているのは間違いない。ヒョンウが留年組に引きずられ、学校の裏山のひっそりした場所に連れ込まれたことを僕に伝えさえすれば、自分の心が軽くなると思ったのだろう。だが、僕にその事実を伝えたことを、彼は今になってひどく後悔しているかもしれない。僕ならすぐ先生に言ってくれると思った自分の判断が外れたことにうろたえ、心の中で怯えているのだろう。

〇三二

——この野郎、俺はおまえらが思っているような担任のスパイじゃない。

　僕は再びジョンスと目を合わせ睨みつけた。ジョンスは今にも泣き出しそうな顔だった。下手するとこいつは狂ってしまうかもしれないと思った。

　一年のとき、ヘジュンという生徒がギピョのせいで学校を辞めたことを僕は覚えていた。そいつはいつも留年組だった。五人でキャンプに行き、ひとりの女子生徒に乱暴したのだ。相手側は必死に被害を訴え、騒ぎが大きくなった。やられた女子生徒が加害者の印象を話したため、疑わしい者の範囲はすぐに狭まり留年組の連中が生徒指導室に呼ばれた。だが、彼らはしらを切り通した。一日中尋問しても無駄だった。女子生徒と面通しさせると言っても、むしろ会わせてくれと開き直った。そのとき、留年組のある生徒の母親が学校に現れたのだ。母親は、生徒指導室に入るなりギピョを指差した。あいつ、あいつがうちのヘジュンを毎日呼び出していたのよ！　あいつがうちのヘジュンをダメにしたんだ！　皆がギピョの方を見た。ギピョは眉ひとつ動かさずヘジュンに向き直った。おい、お前のお袋さんの言ったとおり、俺が毎日おまえを呼び出したか？　肌が粟立つような低く鋭い声で問い詰めた。言えよ、てめえ。どうして本当のことを言わないの？　ヘジュンの母親の声が響いた。言え！　ギピョが吐き出

〇三三

すように言った。突然、ヘジュンの体がぶるぶると震え始め、狂ったように叫び出した。母さん、ギピョはうちには一度も来ていない、うちなんて知らないんだよ。先生、この前のことは僕がやりました。他の学校の連中と一緒にやったんです。そう言うと、生徒指導室のセメントの壁に頭を何度も打ちつけた。ヘジュンが病院に運ばれたあと、生徒指導室の先生が調査を受けていた生徒たちに尋ねた。ヘジュンの言ったことは本当か？　ギピョが頷き、あのクソ野郎——とつぶやいた。他の生徒もギピョと同じように頷いた。ヘジュンが自ら退学を申し出たことで、この件は落着したのだった。

「まだかかりそうか？」

煙草を吸ったあと、机の前に座って少し居眠りしていた金先生が訊いた。

「おまえら、今日は何でこんなに時間がかかるんだ」

何も答えられなかった。

「どうだ、九十点以上は大勢いるか？」

「ひとりもいませんよ」

「本当に勉強しないやつばかりで困ったことだ」

そのとき、化学室のドアが開いた。小間使いのノプチョギが立っていた。

〇三四

「俺に電話か？　女だろう？」

だが、ノプチョギは息をはずませて言った。

「電話じゃありませんよ。先生、すぐ来てください。大変です」

先生があたふたと出て行った。ジョンスの顔は真っ白になって血の気が引いていた。

「ユデ、言った方がよかったんじゃないか」

「俺はおまえが言うと思ったよ」

「さっき、おまえが言うなって言ったんじゃないか。だから俺はおまえが……」

ジョンスは今にも泣き出しそうに表情を歪めた。

「ギピョが喜ばないよ。告げ口なんてさ」

「でもヒョンウが……」

「ヒョンウだってそんなこと望んでないだろう」

「ど、どうしてそう思うんだ？」

「ああ、ヒョンウは自分がやられることを待っていたからな」

ジョンスが何を言っているんだという顔で僕を見たけれど、わざと素知らぬふりをした。

〇三五

「死んではいないと思うよ」

僕らが答案用紙を整理して教務室に下りていくと、そこにはノプチョギひとりしかいなかった。

「金先生がすぐに漢江病院に来いって言ってましたよ」

「何があったんだ？」

「さっきどこかのおばさんが駆け込んできて生徒が裏山で人殺しをしているって言うから、生徒指導主任の先生が行ってみると、二年十三組の級長がひとりで倒れていたんだって」

僕らは学校からほど近い漢江病院まで何も言わず走っていった。死んではいないと思う。走りながらそう思った。ギピョが人を殺すはずがない、ギピョは……。

ヒョンウは、救急治療室のベッドに半分起き上がった姿勢で横になっていた。見た目には大丈夫そうで、ほんの一瞬がっかりする気持ちがよぎった。だがよく見ると、顔はぷっくり腫れていて、応急処置で縛った太腿の包帯の上には花弁のように鮮やかな血が滲んでいた。

僕らが入ってくるのを見たヒョンウは、腫れあがった唇の前に素早く指を一本立て

〇三六

て離した。僕は頷き返した。

「ユデ、おまえ、ヒョンウの家の電話番号知っているな？」

生徒指導主任の先生と一緒に立っていた金先生が訊いた。

「知りません」

とぼけてヒョンウの表情を窺った。ヒョンウが顔をしかめて言った。

「先生、このまま家に帰らせてください。全然大丈夫ですから」

「ふざけるな。ここを出る前に本当のことを言え」

生徒指導主任が問い詰めた。

「言えません。僕の過ちでけんかになっただけなので、友達を巻き込めませんよ」

「この野郎、おまえはけんかしてたんじゃない。見た人がいるんだ。袋叩きに遭って

いたんだって」

「違いますよ。僕が最初に吹っ掛けたんです」

「だからそれが誰かって訊いているんだ」

「言えません」

「おまえ……」

〇三七

指導主任が一瞬、言葉を失った。

「おまえ、俺を馬鹿にしているのか？　学校に通いたくないのか？」

「処分は受け止めます。でも相手が誰かは言えません」

担任の金先生は、表情を曇らせたまま腕を組んで黙って立っていた。わがクラスの一糸乱れぬ航海を妨げる者は誰か、それを考えているのかもしれなかった。今度こそ、僕らの手に握らせた手綱を取り上げて鷲掴みにし、締め上げたい心情だっただろう。

「ユデ、おまえは知っているはずだ。ヒョンウを殴ったのはギピョたちなんだろう」

「ヒョンウがそう言ってましたか？」

「言ってはないが、間違いない。ギピョ以外にこんなことをするやつはいない」

金先生の息が荒かった。羊のようにおとなしく手なずけたと確信していた自分の愚かさを、内心罵倒しているのだろう。

「先生、ヒョンウは何か間違ったことをしたってことなんでしょうか？」

僕は探りを入れてみた。

「ヒョンウは嘘を言っているんだ。間違ったどころか、ヒョンウがあいつらのために

〇三八

どんなに多くのことをしたか、おまえにはわからん」

先生はかなり興奮していた。ギピョに対する嫌悪感で顔は真っ赤に火照っていた。

ギピョを憎むとは。先生への敵意が湧いて僕も体が震えた。

「どういうことですか、先生。ヒョンウがギピョのために何をしたって言うんですか？」

反感のこもった僕の口ぶりに驚いたのか、先生は一瞬ぎくりとした。しかし、すぐに嘲るような微笑を浮かべて言った。

「俺は全部知っているんだ、ギピョが仕出かしてきたことを。ユデ、おまえだってギピョにやられたじゃないか！　それにおまえらがあいつらの不正行為を手伝ったことだってわかっている」

そうだったんだろうな。僕は呻くように心の中でつぶやいた。恐かった。大人たちのそんな陰険さが。知っているのに知らぬふりをするその奥底には何があるのか。

ヒョンウは僕らの間で一躍英雄になった。予想外というわけではなかったけれど、その勢いは尋常ではなかった。三年生や一年生の間でも、二年十三組の級長イム・

ヒョンウの名が評判となった。全治二週間のけがを負いながらも最後まで相手の名前を言わなかったことで、ヒョンウの存在は風船のように膨らんでいった。

事件の翌日から三日続けてギピョは登校しなかったが、留年組が生徒指導室に呼ばれることはなかった。だれもそれを問題にしなかった。

金先生が、登校しないギピョを探して土手の集落を二日続けて歩き回ったことも、校内では広く知られることとなった。ギピョが登校した日、先生は朝礼で手短に言った。

「チェ・ギピョ君はこの間やむを得ない家庭の事情で欠席した。今後欠席することはないと思う」

いつも周囲に睨みを利かせて座っていた彼が、わずかに下を向いたように感じられた。何とも不可解な兆候だった。

ヒョンウが退院し、二週間ぶりに登校した。みんなが握手を求め、背中を叩き、体育の時間には胴上げまでしようとしたけれどヒョンウが逃げてしまった。そんな空気の中でも、僕らは息を殺してギピョの様子を窺っていた。だが、彼の冷たい視線にぶつかった生徒たちは、ぞっとして顔の向きを変えた。僕はふうっと息を吐いて胸を撫

で下ろした。

「先輩、美術の時間にラーメン食べに行こうか？」

僕が声をかけた。僕らはたまに、校舎の裏の塀を越えたところにある小さな店でインスタントラーメンを買い食いして、気付かれずに戻ったりすることがあった。留年組は特によくやっていた。

「行かねえよ」

ギピョはこちらを見もせずに不愛想に答えた。彼は国語の教科書を読んでいた。アントン・シュナックの『われらを悲しませるものたち』[6]。泣いている子はわれらを悲しませる。狩人の銃口の前で死にゆく一頭の鹿の視線。

他のクラスの生徒が言った。教室に来る先生がみんなヒョンウの話を取り上げるとのこと。級友を慈しみ信義を守り、真の友情とクラスの結束のため担任とともに尽力したという秘話を、すらすらと語るらしい。校庭に集まる生徒たちも、ヒョンウの話

*6　『われらを悲しませるものたち』　ドイツの作家・詩人アントン・シュナック（一八九二〜一九七三）の散文。一九五〇年代から八〇年代まで韓国の国語の教科書に訳文が掲載された。未邦訳。

〇四一

題で持ち切りだった。

「俺たちがカンニングの手助けをしたことを、ギピョが怒ったんだろ？」

入院中は人目があって訊きにくかったことを、ヒョンウと二人だけになった下校時にそれとなく尋ねてみた。

「まあ、そうみたいだ」

ヒョンウはわざとらしく辺りを見回しながら答えた。

「あれは、金先生からやれと言われてやったんじゃないのか？」

そう鎌を掛けてみると、ヒョンウは一瞬たじろいだ。いずれはっきりさせたいと思っていたことなので、僕はさらに畳み掛けた。

「そうなんだろ？」

「必ずしもそうじゃないけど、それについて先生と話し合ったのは確かだよ」

「合法的にやったことにするために？」

「いや、先生がギピョのことは俺に任せると言ったからだ。先生はギピョを救いたかったのさ」

「なるほどな。ヒョンウ、おまえ、自分がギピョを救ったと思うのか？」

〇四二

「まだ完全には……。でももう少しだ」

僕は笑ってしまった。

「ギピョはそんな風に思ってないだろうよ。おまえが自分を救っているなんて」

「それはギピョが考えることじゃない」

「どういう意味だ?」

「俺たちが恐れていたのはギピョじゃなくて、ギピョを取り巻く留年組の連中だった」

「それで?」

「もうその組織はなくなった」

「何を根拠にそんなことを?」

「入院中、あいつら全員が俺に謝りに来たんだ。ひとりひとり、互いにわからないように」

「ギピョも来たのか?」

僕の息が少し荒くなった。

「来なかった。でもあんなやつの謝罪なんて受けたくない」

〇四三

そうだろう。ふっと安堵のため息をついた。

「そうか。でも、他のメンバーがおまえに謝ったからって留年組がなくなったと考えるのは違うんじゃないか」

「もちろん、表面的にはそのまま残ってるさ。でも、あいつらはもう毒牙を抜かれた蛇と同じだ。あいつら、みんな俺にこう言った。ギピョは悪魔だ、自分たちの血を吸って生きる吸血鬼だって」

ヒョンウと別々の方向に行くわかれ道だったが、僕は彼の家の方向についていった。

「おまえ、今何が言いたいんだ？」

ヒョンウが僕を見てにこりと笑った。

「ギピョは皆知っての通り、貧しい家の子だ。その上、両親がどちらも病気で寝ている。嫁にいった姉さんが出してくれる金で何とか食いつないでいるらしい。ギピョの下には弟妹が三人もいる。すぐ下の妹がバスの車掌をして生活を支えていたけど、最近何かあって辞めた。ともかく生活が成り立っていない。留年組から毎月いくらかずつ集めて生活費の足しにしていたんだ。家から金を持ってこられないやつは、血液銀行で自分の血を抜いてその金を出していたらしい」

〇四四

「そうしろってギピョが強要したわけではないだろうに」

「同じことさ。留年組はみんなギピョが恐かったんだ」

「今も恐がっているだろう」

「違う」

入院する前より血色がよくなって戻ってきたヒョンウは、自信ありげに言った。

「もう誰もギピョを恐れなくなるのさ」

ヒョンウが手を振って自宅のある路地に消えていった。あいつは有能な級長に間違いない、と僕は思った。苦い思いが胸の中を通り過ぎた。

金先生の予言通り、ギピョは欠席しなくなった。ヒョンウとギピョの間にもこれといった摩擦はなく、夏休みが過ぎていった。教室内で弁当がなくなることも少なくなった。もちろん、留年組がギピョに会いに教室に出入りすることはよくあったが、他の生徒たちは以前ほどそれを気にかけなくなった。ギピョは依然として沈黙していた。先生が、たまにギピョにクラスの事務的な作業をやらせるのが目についた。ギピョは特に表情も変えずそんな作業を引き受けた。

〇四五

その日も、ギピョは金先生の指示で体育部室に行き、クラス全員の体力検査の集計作業をしていた。そんなタイミングで先生が言った。

「六十六人が乗ったわれわれの船は、風に乗って実に順調な航海をしている。すべて皆の努力のおかげだと思う。ところで、今日は君たちに伝えたいことがある。君たちの級友のひとりが大変厳しい状況に置かれている。詳しいことは級長が話す。ただ担任として願うことは、これを他人事と思わず自分事と受け止めて、進んで級友を助けてほしいということだ」

先生が教壇から下り、級長のヒョンウがひどく厳粛な表情で登壇した。

「先生のお話のとおり、級友のひとりが大変困難な立場に置かれています。やや遅くなった感はありますが、今からでも力を合わせて彼を助けていきたいと思います」

こう前置きしたヒョンウは、以前、下校途中に僕に聞かせてくれたギピョの家庭の状況を話し始めた。驚くべきはヒョンウの口ぶりだった。僕と話したときに見せたギピョに対する敵意は微塵も感じられなかった。友情と信頼に満ちあふれた言葉で、級友ギピョを美化することに熱を上げるばかりだった。

ギピョの父親が脳卒中で寝たきりになり、母親は心臓病にかかっていること。そん

〇四六

な両親のためにバスの車掌をしていた妹の涙ぐましいエピソード。食事はインスタントラーメンばかりという一家の空腹など、目に見えるかのようにひとつひとつ説明した。そんな貧しさの中でも、決してそれを表に出さず黙々と通学するギピョの高い志も称賛した。留年したせいでもう一年分の学費を捻出しなければならなくなった苦しい事情も、生徒たちの胸を詰まらせた。

「少し前に、ギピョがバスの車掌をしていた妹を叩いたと聞きました。妹は体が弱くて車掌を辞めたのですが、生活がさらに苦しくなりお金を稼ぐため酒場で働くことにしたそうです。妹が酒場でどんな落とし穴に嵌ってしまうかわからない、そう思ったからなんです」

生徒たちは、静まりかえってヒョンウの言葉に耳を傾けた。

ヒョンウは、ギピョの家庭の状況を詳しく話すことで、これまで僕らに神話的存在として君臨してきたギピョの虚像を、貧困というおぞましさに絡め捕ったうえで丸裸にしようとしていた。ギピョは掘っ立て小屋の臭くて薄暗い部屋でそそくさとラーメンなんかをすすっている、同情すべき一匹の虫けらに転落して僕らの前に現れたのだ。

「もうひとつ、伝えたいことがあります。それは、厳しい環境にある友を人知れず助

〇四七

けてきた友情があるということです。ギピョの身近な友人たち、僕らがこれまで留年組と呼んできた生徒たちです。僕らが軽んじてきた彼らこそ、真の美しい友情とは何かを見せてくれた人たちです。彼らは毎月小遣いを貯め、または夏休みなどに工事現場で働いて稼いだお金でギピョを助けてきました。大切な自分の血液を売ってお金を作った人もいました。中には、ひと月に三回も血を採って貧血になって入院した人もいます。社会の救いの手が届かない貧しさを友情で救おうとした彼らこそ、立派な精神の持ち主です。協同と奉仕、寄与の精神のお手本です。僕らは時々、学校に持ってきた弁当が空になっているのに気付き、腹を立てたこともありました。それは本当の空腹を知らぬ者の愚かさでした。他人の弁当を盗み食いまでしなければならなかった貧しい隣人について、僕らはあまりに無理解でした。級長としてこのことをとても恥ずかしく思います。それを謝罪する意味で、僕は今日からでも僕らの友ギピョを救う活動の先頭に立とうと決心しました」

生徒たちがざわついた。深い感動の川の水が、みんなの胸の中をざぶざぶ流れているのだ。

先生が教壇に近づき、ポケットから一万ウォン札を取り出して教卓の上に置いた。

〇四八

級長も内ポケットに手を入れた。生徒たちも、静かなざわめきとともにお金を探し始めた。

「今日お金がない人は、明日持ってくることにしませんか？」

ひとりの生徒が立ち上がって大声で提案すると、そうしよう、とみんなが叫んだ。

拍手が湧いた。

クラスの生徒の親の中に、某日刊紙の編集部の局長をしている人がいた。金先生と級長がその人に会いに行った。すると、その新聞社の記者が学校に何度か取材に訪れた。

数日後、新聞の社会面の囲み記事で、わがクラスの話題が大きく掲載された。親に尽くすギピョの健気な心、血を売って友を救おうとした留年組の厚い友情、同級生が立ち上げた級友を助ける活動が全校に広がるまでの経緯が詳しく紹介された。ギピョの妹のエピソードも添えられ、記事を読んだ僕らは改めて鼻筋がうずいた。記事とともに金先生と級長、ギピョの写真が載っていた。校長先生の指示で、その記事は各教室の後方の掲示板に貼り付けられることになった。

記事が出たあと、校長先生は月曜朝会のたびに各界各層から送られてきた募金と励

〇四九

ましの手紙をギピョに渡した。金先生も、終礼のときにギピョに何通もの手紙を手渡

し、

「女子生徒の手紙もたくさん混ざっているから、あとでこっそり読め」

などと言った。生徒たちはわははと笑い、ギピョは顔を赤らめて手紙の束を机の引

き出しにしまった。その都度みんなの拍手が湧いた。実に和気あいあいとしたクラス

になった。

「ギピョの話が映画になるって?」

「らしいよ。留年組を中心にした話らしいけど、テレビの『第三教室』みたいなもの*7

なんじゃないか」

どこからか、ギピョの話が映画になるという噂が立った。

もうギピョを恐がる生徒はいなくなった。先輩扱いする生徒も少なくなった。誰も

がそばに言って声をかけ、ときには肩を叩きもした。

ギピョがかなりはにかみ屋の生徒に変わったからだ。誰に会ってもはにかむ彼は、

堂々としていた体つきまで小さく萎んでいき、「チーズ」と言って写真を撮るときに

作るような微笑を常にたたえるようになった。

〇五〇

僕らはこうして、微笑をたたえたギピョの顔を見ながら一糸乱れぬ航海を続けた。

金先生はさらに深い理解をもって僕らを指導してくれた。級長のヒョンウは、彼なりの誠意と知恵で〈僕らみんな〉のために力を尽くした。僕らのクラスの教室に入ってくる先生たちは、誰もが称賛を惜しまなかった。ギピョの話の映画化の件がさらに具体的になり、僕らはみんな浮き浮きした気持ちになった。

そんなある日、ギピョの席が空いていることに僕らは気づいた。その翌日も彼はいなかった。無断欠席だった。金先生が生徒のひとりをギピョの家に行かせた。

「家にもいない。二日前に家を出たって」

僕らは顔を見合わせてざわついた。穏やかならぬ思いが僕らの胸に湧き始めた。ギピョが三日続けて欠席した日の午前だった。授業中にもかかわらず、金先生からヒョンウと僕を呼び出すメモが届いた。

＊7 『第三教室』 一九七五年から八〇年までテレビ放送された青春ドラマ。十代の青少年を取り巻く問題をテーマとした。

〇五一

僕らが教務室に向かうと、先生はいかにも病人と思われるひとりの女性と話していた。秋になったばかりなのに、その人は古びた分厚いオーバーを着ていた。

「ああ、うちのギピョの友達だね。こんなありがたい友達がいるのに、あの子は……」

立ち上がって僕らに何度も頭を下げ、染みのついたハンカチで涙を拭いて僕らの手を取ろうとした。

「お母さん、そろそろお帰りになっては。生徒たちとも話し合って探してみます」

先生は、ギピョの母親を追い返すように教務室から送り出した。彼女は名残惜し気に何度も僕らの方を振り返った。

ギピョの母親を見送った先生はどかりと椅子に座り込み、ぶるぶる震える手で煙草を吸った。

「あの野郎、最後まで騒がせやがって」

先生は、煙草の煙を深く吸い込んで吐き出し、つぶやいた。

「明日が天一映画社の人たちと会う約束をした日じゃないか。なのにあの野郎……」

そう言って一通の手紙を引き出しから取り出し、僕らの前に投げ出した。ギピョが

〇五二

すぐ下の妹に宛てて書いた手紙だった。手紙の最初の行にはこう書いてあった。

――恐い。恐くて俺は生きていけない。

訳者解説

本作「偶像の涙」の著者 全商国は、一九四〇年に江原 道洪 川 郡に生まれ、満一〇歳のときに朝鮮戦争の戦禍に見舞われた。エッセイ集『春川 暮らしの物語』（二〇一七年）などいくつかの著作にその戦時体験を記しているが、国民学校（小学校）四年生の少年にとってそれは極めて残酷で悲惨なものだった。

一九五〇年六月に勃発した戦争は、南北双方の軍が周辺国などの介入を受けつつ激しい攻防を繰り返し、戦線がローラーのように朝鮮半島全体を移動して人々の命と暮らしを踏みにじっていった。三八度線の南にあった著者の故郷も支配者が北になったり南になったりと四度入れ替わり、その都度、数日前まで意気揚々と歩いていた大人たちが別の集団に殺されるなど、命の奪い合いが起きた。無惨な死体とそれにすがりついて絶叫する家族の姿。上空には爆撃機が飛来し、町にかかる誰を信じていいのかわからなくなった。人々の目が血走り、

橋は真っ二つになった。

最も辛かったのは過酷な避難生活だった。開戦翌年の一月、北側からの攻撃に追い立てられ、著者の一家は故郷を後にして南へと避難せざるを得なかった。例年以上に雪が多く積もる冬だったという。道端には避難民の死体が転がり、雪の中から青白い手だけが出ている子供の亡骸を見ながら、凍り付いて固くなった握り飯を食べた。その後の避難の道中では耐えがたい空腹を味わい、ようやく辿り着いた忠清北道清州(チュンチョンブクド チョンジュ)の収容所では、赤痢や腸チフスの蔓延により多くの人が命を落とした。

七〇年以上経った今も、著者の意識は幼い日に目にした戦争の記憶から逃れられない。全商国の文学のテーマは圧倒的に戦争と分断についてであり、それに関する小説の数は約四〇編にのぼる。作品の多くは戦争そのものというより、戦争にまつわる死とそれへの哀悼、生き残った者の心の傷と癒しを表現し、理念やイデオロギーとは一線を画している。

中でも多くの読者の心を震わせた名作に、中編小説「アベの家族」(一九七九年)がある。戦禍の中で深刻な知的障碍を負って生まれ、「アベ……」という意

味不明の言葉しか発することができない男と、その家族の物語だ。同作は大韓民国文学賞などを受賞するとともに、発表の翌年にはテレビドラマ化され七〇パーセントもの視聴率を記録した。

著者の文学のもうひとつの軸となるものが、一九年間に渡る中学・高校での国語教師としての経験をもとに創作した作品群である。

文学を志し大学在学中に早くも作家デビューを果たしたが、卒業後は子供のころの夢でもあった教師になった。実際に教壇に立ってみると、教えることの楽しさもある一方で自分が教育者としてふさわしいのか悩むことも多かった。仕事と並行して書き続けたいと考えていた文学の道では、若さと情熱でデビューしたものの次の作品を生み出す力が湧かなかった。就職後の一〇年間は一編の作品も書くことができず、文学から遠ざかった心の痛みは年を追うごとに大きくなった。

だが、この経験は著者の創作活動に新たな地平を広げることとなる。学校は社会の縮図であり、国家が国民を統治する仕組みのひとつでもある。教育の理想と現実の乖離を間近に見つめるほど、問題意識も膨らみ小説の素材となるテーマも

見えてきた。

教育現場を扱った作品のうち代表作とされるのが、一九八〇年に発表した本作「偶像の涙」である。

物語は、高校二年生の生徒、ユデの視点で進む

ことあるごとに暴力で周囲を威圧する不良グループのリーダー・ギピョと、それに対抗してクラスの秩序を保とうとする担任教師や級長ヒョンウ。両者の対立と葛藤を、ユデは傍観者のふりをして見守る。ギピョの力を奪うためさまざまな手を打った担任とヒョンウは、最後に彼の最大の弱みである「貧困」を公然と暴き、彼を世間の憐れみと同情の対象とすることに成功する。

作品を一読すると、タイトルとなっている「偶像」がギピョを指していることはすぐにわかる。無慈悲な暴力を振るう「ひたすら悪いだけ」の彼が、なぜ偶像とされるのか。それは、ユデをはじめ多くの生徒がギピョに抱いている「畏れ」のためだ。ユデもギピョから無惨な暴行を受けたひとりだが、彼のことを嫌いにはなれず、それどころか「言葉では言い表せない力」を感じるという。

ユデは「他人を操るなんて自由より、操られることで得られる心の平和」を望

〇五八

み、「孤独にはなりたくない」と考えるような、主体性を失った人物として描か
れている。それはクラスという集団に埋没する大半の生徒たちも同じだ。半面ギ
ピョは、権威に従うことを拒否し、孤独を厭わない。ユデたちにとって、そんな
ギピョの姿は「暗い毒気」を帯びつつも、同時にまぶしすぎるほどの輝きを放っ
ていたのだろう。

それに対し、ギピョの力を削ぎたい担任とヒョンウは、決して真正面からギ
ピョに挑むことはない。ジャージを買い与える、テストのカンニングを手助けす
るなど、「上からの施し」でギピョの権威を失墜させようと試みる。それは権力
や財力に裏付けられた、別の形の暴力と言えるのではないか。

担任とヒョンウが行使するこうした見えにくい暴力は、次第にユデたちのよう
な傍観者をも巻き込んで巨大な集団的暴力へと変質する。偶像だったはずのギ
ピョは、いつの間にか「同情すべき一匹の虫けら」と化して居場所を失っていく。

本作が書かれた時期、韓国は朴正煕（パクチョンヒ）大統領による軍事独裁政権のもとにあり、
経済成長を掲げる一方で、政権への異議を許さぬ抑圧や監視の体制が敷かれてい

〇五九

た。だが、こうした強権的な体制は、決して上からの強制だけで成り立つものではなかった。

政治の民主化を求める運動や社会の底辺で生きる人々の抵抗もあったが、経済成長とともに国民の多くは「中産階級」となって体制に順応し、国家の発展を自らと一体化させ内面化していった。

本作は、当時のそんな政治体制や社会の風潮を、学校の教室になぞらえて批判した小説と読むことができる。著者は、本作を執筆した動機をこう書いている。「偽善と狡猾な知恵は悪質な暴力だ。権威主義も私が嫌悪する暴力だ。『偶像の涙』などの小説は、狡猾な知恵に対する私なりの怒りを形にしたものだ」（エッセイ集『水は自ずから道を作る』（二〇〇五年）より）

一方で、学校を舞台とした作品群は、教師としての豊富な実務経験にも支えられ、当時の実情がリアルに伝わり興味深い。

作中に登場する「寸志」は長らく韓国の教育現場を蝕んだ象徴的な悪習だが、現在ではほぼ完全になくなった。当時は貧困のため「月謝」（授業料）を支払えず退学に至った生徒も多く、教師はその納付実績も競わせられた。本書で「小間

使い」と訳した「使喚」という存在も、かつては学校や役所、企業などに広く存在していた。作中に登場するノプチョギも、ひょっとしたら別の学校で月謝を払えず辞めざるを得なかった子供だったかもしれない。

著者が描く学校の主役は生徒だけではない。教師のほか、清掃や補修などを担う用務員が主人公となっている小説もある。著者の視野の幅広さを感じるとともに、教育現場を作っているのは実に多様な人々であることもわかる。

中学・高校での教員生活のあと、著者は故郷に隣接する春川市の江原大学の教授となり、定年まで勤めた。大学での経歴を合わせれば、四〇年に渡り教育の道を歩んで創作との両立を遂げたことになる。二〇二三年には『最後の小説集』とする『クッ』を刊行した。その標題は土着信仰における祭儀を意味し、作品を通じて朝鮮戦争の死者の魂を慰め、今も残る不信と憎悪の傷やその癒しを描いている。

八〇歳を越えてから、著者は春川市郊外に自身の書斎も備えた文学館をオープンさせた。来訪者に声をかけて館内を案内する姿がインターネットでも紹介され、

〇六一

気さくで親しみやすい人柄が伝わってくる。

　著者が積み重ねてきた創作の重要性に比して、日本語に翻訳された作品はまだ少ない。韓国現代史の証言でもある全商国の文学が、もっと広く知られることを期待したい。

著者

全商国（チョン・サングク）

1940年江原道生まれ。
満10歳のときに朝鮮戦争が勃発し、家族とともに避難生活を経験した。
慶熙大学国語国文学科在学中の1963年に短編小説「同行」が
朝鮮日報新春文芸に当選しデビュー。
卒業後、中学・高校の国語教師として19年間江原道とソウルで勤務。
その傍ら、執筆活動を続け、また慶熙大学大学院修士課程を修了した。
中短編小説に本作「偶像の涙」のほか「アベの家族」など多数、
長編小説に『燃える山』『道』『裕貞の愛』などがあるほか、
多くのエッセイも発表している。
現代文学賞、大韓民国文学賞、東仁文学賞、尹東柱文学賞などを受賞。
邦訳に「沈黙の眼」（高演義訳、『朝鮮幻想小説傑作集』所収、白水社）、
「朽ちない種子」（姜尚求訳、『韓国の現代文学4』所収、柏書房）ほか。
江原大学名誉教授、金裕貞記念事業会名誉理事長。

訳者

金子博昭（かねこ　ひろあき）

新潟大学法学部卒業。延世大学韓国語学堂などに語学留学。
新潟市役所で国際交流事業の企画運営や通訳翻訳に従事。
2009年より「新潟で韓国と北朝鮮の現代小説を読む会」に参加し、
文芸作品の読解と翻訳を学ぶ。
第7回「日本語で読みたい韓国の本 翻訳コンクール」にて
最優秀賞を受賞。

韓国文学ショートショート
きむ ふな セレクション 21
偶像の涙

2024年11月30日　初版第1版発行

〔著者〕全商国（チョン・サングク）

〔訳者〕金子博昭

〔編集〕藤井久子

〔ブックデザイン〕鈴木千佳子

〔ＤＴＰ〕山口良二

〔印刷〕大盛印刷株式会社

〔発行人〕　永田金司　金承福

〔発行所〕　株式会社クオン

〒101-0051　東京都千代田区神田神保町1-7-3 三光堂ビル3階

電話 03-5244-5426　FAX 03-5244-5428　URL https://www.cuon.jp/

© Jeon Sang-guk & Kaneko Hiroaki 2024. Printed in Japan
ISBN 978-4-910214-66-5 C0097
万一、落丁乱丁のある場合はお取替えいたします。小社までご連絡ください。

우상의 눈물
Copyright © 1980 by Jeon Sang-guk
All rights reserved.
Japanese translation copyright © 2024 by CUON Inc.

"내일 천일영화사 사람들하고 만나기로 약속한 날이잖냐. 그런데 이 망할 새끼가……"

그는 서랍에서 편지 하나를 꺼내 우리들 앞에 내던졌다. 기표가 바로 밑의 여동생한테 보낸 편지였다. 편지 맨 앞줄에 이렇게 쓰여 있었다.

─무섭다. 나는 무서워서 살 수가 없다.

심상찮은 생각들이 머리에 젖어들었다.

기표가 내리 사흘이나 결석을 한 아침나절이었다. 수업 중인데 담임이 형우와 나를 찾는 쪽지가 왔다.

우리가 교무실에 내려갔을 때 담임선생은 병색이 완연해 뵈는 어떤 여자와 얘기를 나누고 있었다. 그네는 초가을인데도 낡고 두터운 오버를 걸치고 있었다.

"아이구, 우리 기표 친구들이구만. 시상에 이렇게 고마운 친구들이 어디 있겠누. 그런데 이눔에 자슥이……"

그네는 몸을 일으켜 우리에게 굽실거리며 때 낀 손수건으로 눈물을 찍어냈다. 그네는 우리의 손을 더듬어 쥐고 싶어 했다.

"자, 이제 고만 돌아가십시오. 애들하고 의논해서 찾아보겠습니다."

담임선생은 기표 어머니를 내쫓듯 교무실에서 밀고 나갔다. 그네는 교무실을 나가며 자꾸 아쉬운 듯 우리들 얼굴을 돌아다보았다.

그네를 배웅하고 돌아온 담임이 의자에 소리 나게 주저앉으며 부들부들 떨리는 손으로 담배를 피워 물었다.

"이 망할 새끼가 끝까지 말썽이란 말이야."

그는 담배 연기를 깊이 빨아들였다가 내뿜으며 투덜거렸다.

이제 아이들은 아무도 기표를 무서워하지 않았다. 형이라고 호칭하는 아이들도 드물었다. 아무나 곁에 가서 말을 걸 수가 있었고 때로는 어깨도 쳤다.

그것은 기표가 아주 부끄러움을 잘 타는 아이로 변해버렸기 때문이다. 누구를 만나도 수줍어하는 그 아이는 그렇게 당당하던 체구마저도 왜소하게 짜부라진 채 우리가 보통 사진을 찍을 적에 '치이즈' 하고 웃는, 바로 그런 미소를 얼굴에 담고 있었다.

우리는 그렇게 미소 짓는 기표의 얼굴을 보면서 일사불란한 항해를 계속했다. 담임은 더욱 깊은 이해로써 우리 반을 돌봐주었다. 반장 형우는 그 나름의 성실과 지혜로 '우리'를 위해 헌신했다. 우리 교실에 들어오는 선생님마다 칭찬의 말을 아끼지 않았다. 기표의 얘기가 영화로 만들어진다는 얘기가 더욱 구체적으로 드러나기 시작했고 우리들은 덩달아 들떠서 술렁거렸다.

그러던 어느 날 우리는 기표의 자리가 빈 것을 알았다. 다음 날도 그는 결석했다. 무단결석이었다. 담임선생이 한 아이를 기표네 집에 보냈다.

"집에도 없어. 이틀 전에 집을 나갔대."

우리들은 서로 얼굴을 마주보며 술렁거리기 시작했다. 뭔가

스 기사였다. 기표의 갸륵한 효성에서부터 재수파들의 우정 어린 피 뽑기와 급우들로부터 시작된 친구 돕기 운동이 전교적으로 파급되어 이룩한 성과가 자세하게 났다. 기표의 여동생 얘기도 끼어 있어 그 기사를 읽은 우리들의 콧등이 새삼 찡했다. 기사 맨 위에 담임선생과 반장, 그리고 기표의 사진이 박혀 있었다. 교장선생님 지시에 의해 그 기사는 각 교실 후편 게시판에 붙이게 돼 있었다.

그 신문 기사가 나가고부터 월요 조회 때마다 교장선생님은 사회 각계에서 보내오는 성금과 위문편지를 최기표에게 전달했다. 담임선생도 종례 때면 기표에게 편지 여러 장을 건네며,

"거기 여학생 편지도 많이 있으니까 혼자 몰래 보라구."

아이들이 와하하 웃었다. 기표가 얼굴을 벌겋게 달구며 편지 다발을 책상 속에 넣곤 했다. 그럴 때마다 아이들이 박수를 쳤다. 실로 화기애애한 반이 되었던 것이다.

"기표 얘기가 영화로 된다며?"

"그렇대. 재수파들을 중심으로 한 얘긴데 텔레비전에 나오는 「제3교실」 같은 거겠지."

어디서 나온 얘긴지 기표의 얘기가 영화로 만들어진다는 소문이 파다했다.

싸 가지고 온 도시락이 텅텅 비어 있는 것을 발견하고 기분 나쁘게 생각한 적이 있었습니다. 그것은 진정으로 배고파보지 못한 우리들의 우매함이었습니다. 남의 도시락을 훔쳐 먹어야 했던 우리의 가난한 이웃을 우리는 너무나 모르고 지냈다는 겁니다. 나는 반장으로서 그 사실을 몹시 부끄럽게 생각합니다. 그것을 사과하는 뜻에서 나는 오늘이라도 우리의 친구 기표를 돕는 일에 앞장서기로 결심을 했습니다."

아이들이 술렁거리기 시작했다. 깊은 감동의 강물이 모두의 가슴 한가운데를 출렁이며 흘러가고 있었던 것이다.

담임선생이 교단으로 다가갔다. 그는 주머니에서 만 원짜리 한 장을 꺼내 교탁 위에 놓았다. 반장도 안주머니에 손을 넣었다. 아이들이 조용한 술렁거림 속에서 모두 돈을 찾아 들었다.

"오늘 돈이 없는 사람은 내일 가져오는 게 어떻겠습니까?"

한 아이가 일어나서 큰 소리로 제안하자 모두, 그럽시다, 소리쳤다. 박수가 쏟아져 나왔다.

모 일간지 편집부국장을 지내는 학부형이 우리 반에 있었다. 담임선생님과 반장이 그 학부형을 만나러 갔다. 그 신문사 기자가 학교에도 여러 번 다녀갔다.

며칠 뒤에 신문 미담 난에 우리 반 얘기가 크게 다뤄졌다. 박

반 아이들은 사뭇 숙연한 자세로 형우의 말에 귀를 기울였다. 형우는 기표네 가정 사정을 낱낱이 얘기함으로써 이제까지 우리들에게 신화적 존재로 군림해온 기표의 허상을 빈곤이라는 그 역겨운 것의 한 자락에 붙들어 맨 다음 벌거벗기려 하는 것 같았다. 기표는 판잣집 그 냄새나는 어둑한 방에서 라면 가락을 허겁지겁 건져 먹는 한 마리 동정 받아 마땅한 벌레로 변신해 나타났다.

"한 가지 또 알려줄 게 있습니다. 그것은 어려운 처지의 친구를 위해서 이제까지 남이 모르게 도와온 우정이 있다는 것입니다. 그것은 기표의 가까운 친구들입니다. 이제까지 우리들이 재수파라고 불러온 아이들입니다. 우리들이 무시해온 그들이야말로 진정 아름다운 우정이 어떤 것인가를 보여주었던 것입니다. 그들은 매달 용돈을 저축하고, 또는 방학 때 공사장에 나가 일을 해서 받는 돈으로 기표를 도와온 것입니다. 그들 중에는 매달 자신의 귀한 피를 뽑아 그 돈을 내놓기도 했습니다. 한달에 피를 세 번이나 뽑았기 때문에 빈혈을 일으켜 병원에 입원했던 사람도 있습니다. 사회에서 구원받지 못한 가난을 우정으로써 구원하려 한 그들이야말로 훌륭한 정신의 소유자들입니다. 협동과 봉사, 기여 정신의 산증인들입니다. 우리들은 가끔 학교에

046

기표네 가정 형편을 반 아이들한테 이야기하기 시작했다. 그런데 놀라운 일은 형우의 혀였다. 나한테 얘기를 들려줄 때의 그런 적대감은 어느 구석에서도 찾을 수 없었다. 오직 우의와 신뢰 가득한 말로써 우리의 친구 기표를 미화하는 일에 열을 올렸을 뿐이다.

기표 아버지가 중풍에 걸려 식물인간으로 누워 있는 정경이며 기표 어머니의 심장병, 그러한 부모를 위해서 버스 안내원을 하던 기표 여동생의 눈물겨운 얘기. 라면으로 끼니를 때우는 기표네 식구들의 배고픔이 눈에 보이듯 열거되었다. 그런 가난 속에서도 가난을 결코 겉으로 나타내지 않고 묵묵히 학교에 나온 기표의 의지가 또한 높게 치하되었다. 더구나 그런 가난 속에서 유급을 했기 때문에 일 년간의 학비를 더 마련해야 했던 고통스러운 얘기도 우리들 가슴을 뭉클거리게 했다.

"나는 얼마 전 기표가 버스 안내원을 하던 여동생을 몹시 때린 일을 알고 있습니다. 그 여동생은 몸이 약해 버스 안내원을 그만두었던 것인데 생활이 더 어렵게 되자 돈을 벌기 위해 술집에 나가기로 했었다는 겁니다. 그 여동생이 앞으로 어떤 무서운 수렁에 떨어져 내릴는지 아무도 알 수가 없다는, 바로 그겁니다."

실에 들락거리는 횟수는 잦았지만 아이들은 그다지 신경을 곤두세우지 않아도 되었다. 기표는 여전히 침묵하고 있었다. 담임선생이 가끔 기표에게 학급 사무를 맡기는 게 눈에 띄었다. 기표는 별 표정 없이 그런 일을 맡아 했다.

그날도 기표는 담임선생의 지시로 체육부실에 내려가 우리 반 아이들의 체력검사 통계를 내고 있었다. 그럴 시각 담임선생이 말했다.

"육십육 명이 탄 우리 배는 순풍을 맞아 참으로 순탄한 항해를 하고 있다. 다 여러분의 노력에 의한 것이라고 생각한다. 그런데 한 가지 알려줄 게 있다. 여러분의 한 친구가 매우 어려운 처지에 놓여 있다. 자세한 얘기는 반장이 해줄 것이다. 다만 담임으로서 당부하고 싶은 것은 그것이 남의 일이 아닌 내 일이라고 생각해서 그 사람을 돕는 일에 앞장서주기 바란다."

담임선생이 교단에서 내려서고 그 대신 반장 임형우가 사뭇 엄숙한 표정으로 단 위에 섰다.

"담임선생님의 말씀처럼 지금 우리 친구 하나가 매우 어려운 처지에 놓여 있다. 좀 늦은 감이 있지만 지금이라도 힘을 합쳐 그 친구를 구원해주어야 한다고 생각한다."

이렇게 서두를 잡은 형우는 언젠가 하굣길에서 내게 들려준

동생이 버스 안내원을 해서 생활비를 보탰는데 요즘 무슨 일로 해서 그것도 그만두었다. 아무튼 생활이 말두 아니란 거야. 재수파들이 매달 얼마씩 모아 생활비를 보태줬다는 거야. 집에서 돈을 뜯어낼 수 없는 애들은 혈액은행에 가서 피를 뽑아 그 돈을 내놓았다는 거다."

"그렇게 해달라고 기표가 강요한 건 아닐 텐데."

"마찬가지다. 재수파들은 기표가 무서웠다는 거야."

"지금도 무서워하고 있을걸."

"그렇지 않아."

병원에서 지내는 동안 혈색이 더 좋아진 형우가 자신 있게 말했다.

"이제 아무도 기표를 무서워하지 않게 될 거다."

형우가 손을 흔들고 자기 집 골목으로 사라져버렸다. 그는 유능한 반장이 틀림없다고 나는 생각했다. 쓸쓸한 느낌이 가슴을 스쳤다.

담임의 예언대로 기표는 결석을 하지 않았다. 형우와 기표 사이에도 이렇다 할 마찰 없이 여름방학이 지났다. 교실에서 도시락이 없어지는 일도 드물었다. 물론 재수파들이 기표를 찾아 교

"무슨 근거로 그렇게 말하는 거냐?"

"내가 병원에 있을 때 그 애들이 모두 나한테 사과하러 왔었다. 하나하나 서로가 모르게 다녀갔다."

"기표두 왔었니?"

내가 헐떡이면서 물었다.

"오지 않았다. 그러나 난 그런 놈한테 사과도 받고 싶지 않다."

그럴 테지. 나는 후우 가슴을 쓸어내렸다.

"그래, 다른 애들이 너한테 사과를 했다고 해서 재수파가 없어졌다고 생각하는 건 잘못일 거야."

"물론 겉으로야 그대로 남아 있겠지. 그러나 그들은 이미 이빨 뺀 뱀이나 다름없어. 걔들이 모두 나한테 말했다. 기표는 악마라고. 자기들 피를 빨아 먹고 사는 흡혈귀라고."

형우와 갈라서야 하는 길목이었다. 나는 형우네 집 쪽으로 따라가며 물었다.

"너 지금 무슨 얘길 하는 거냐?"

형우가 나를 향해 싱긋 웃었다.

"기표는 다 아는 것처럼 가난한 집 애다. 거기다가 그 부모가 다 병들어 누워 있다. 시집간 기표 누나가 대주는 돈으로 겨우겨우 먹고산댄다. 기표는 동생이 셋이나 있다. 기표 바로 밑의 내가 넘겨짚자 형우가 한순간 당황하는 것 같았다. 언제고 밝히고 싶었던 것이라 나는 다시 다그쳤다.

"그렇지?"

"꼭 그런 건 아니지만 그 문제를 담임선생님과 의논한 건 사실이다."

"합법적으로 만들기 위해서냐?"

"아니다. 담임선생님이 기표를 나한테 일임하겠다고 말했기 때문이다. 선생님은 기표를 구원해주고 싶었던 것이다."

"그랬겠지. 형우야, 넌 지금 네가 기표를 구원했다고 보니?"

"아직 완전히는…… 그러나 멀지 않았다."

나는 웃어주었다.

"기표는 그렇게 생각하지 않을걸. 형우, 네가 구원해주고 있다고 말이야."

"그것은 기표가 생각할 일이 아니다."

"무슨 뜻이냐?"

"우리가 무서워했던 건 기표가 아니라 기표를 둘러싸고 있는 재수파들이었다."

"그런데?"

"이제 그 조직은 없어졌다."

멍가게에서 라면을 사 먹은 다음 감쪽같이 들어오곤 했다. 재수 파들이 그 전문이었던 것이다.

"필요 없어."

기표가 쳐다보지도 않은 채 퉁명스럽게 뱉었다. 그는 국어책을 읽고 있었다. 안톤 슈나크의 「우리를 슬프게 하는 것들」. 울음 우는 아이는 우리를 슬프게 한다. 사냥꾼의 총부리 앞에 죽어가는 한 마리 사슴의 눈초리.

다른 반 애들이 말했다. 선생들이 교실에 들어올 때마다 임형우의 일화가 예로 들어지면서, 학우를 아끼고 의리로써 지켜준 참다운 우정과 반의 결속을 위해 담임선생님과 함께 남모르게 애써온 그 숨은 이야기가 술술 펼쳐지더란 것이다. 교정에 모여선 아이들도 온통 형우의 얘기로 꽃을 피웠다.

"우리들이 커닝을 도와준 것이 기표의 비위를 상하게 한 모양이지?"

병원에 있을 때는 남의 눈을 생각해 못 물어본 걸 하굣길 형우와 둘만의 자리가 됐을 때 내가 넌지시 물어보았다.

"글쎄 그런 것 같았다."

형우가 짐짓 좌우를 둘러보면서 대답했다.

"그때 그 일, 담임선생님이 시켜서 한 거지?"

우의 존재는 풍선처럼 부풀었다.

기표가 그 사건 다음 날부터 내리 사흘이나 학교에 나오지 않았어도 재수파들은 학생부에 불려가지 않았다. 아무도 그것을 문제 삼지 않았다.

담임이 학교에 나오지 않는 기표를 찾기 위해 뚝방 동네를 연이틀이나 헤맨 사실도 학교에 널리 알려졌다. 기표가 학교에 나온 날 담임은 조회 시간에 간단히 말했다.

"최기표 군은 그동안 피치 못할 가정 사정으로 결석했다. 앞으로 다시는 결석이 없을 것으로 안다."

항상 빳빳하게 쳐들고 앉았던 기표의 고개가 잠깐 숙여지는가 싶게 느껴졌다. 그것은 매우 수상한 조짐이었다.

형우가 병원에서 퇴원을 해 2주일 만에 학교에 나왔다. 악수 세례가 쏟아지고, 등을 두드리고, 체육 시간에는 헹가래까지 시키려고 했지만 형우가 도망을 쳤다. 그렇게 하면서 우리들은 숨죽여 기표의 동정을 살폈다. 그러나 그의 차가운 시선에 부딪친 아이들은 섬뜩한 느낌으로 고개를 돌리곤 했다. 나는 후우, 가슴을 쓸어내렸다.

"형, 우리 미술 시간에 라면 먹으러 갈까?"

내가 말을 건넸다. 우리들은 가끔 후동 교사 뒷담을 넘어 구

"형우가 거짓말을 하고 있는 거다. 잘못하기는커녕 형우가 그 놈들을 위해서 얼마나 많은 일들을 했는지 넌 모를 게다."

담임선생은 몹시 흥분하고 있었다. 기표에 대한 혐오감으로 해서 얼굴이 벌겋게 달아올랐다. 기표를 미워하다니. 나 역시 담임선생에 대한 적대감으로 몸을 떨었다.

"뭡니까, 선생님. 형우가 기표를 위해서 무얼 했단 말입니까?"

내 반감 짙은 어투에 놀랐는지 담임선생은 좀 멈칫했다. 그러나 곧 비웃음을 섞어 말했다.

"인마, 나는 다 알고 있어. 기표가 저질러온 짓 말이다. 유대, 너도 기표한테 당했잖아! 그리고 너희들이 그놈들 부정행위를 거들어준 것도 알고 있다."

그랬겠지. 나는 속으로 신음처럼 중얼거렸다. 무서웠다. 어른들의 음흉스러움. 알면서도 모른 체 시치미를 뗀 그 저의는 무엇인가.

형우는 우리들 사이에서 일약 영웅이 돼버렸다. 예상 안 한건 아니지만 그 여세는 보통이 아니었다. 3학년도, 1학년 하급생들 사이에서도 2학년 13반 반장 임형우가 입에 올랐다. 전치 2주의 상해를 입고도 끝내 그 상대를 입에 올리지 않으므로 해서 형

"너 정말……"

학생주임이 혀를 내둘렀다.

"너 정말 나를 허수아비로 아는 거냐? 학교 다니기 싫어?"

"저는 처벌을 달게 받겠습니다. 그러나 그 아이들이 누군지 말할 수는 없습니다."

담임선생은 얼굴에 그늘을 간 채 팔짱을 끼고 한편에 묵묵히 서 있었다. 우리 반의 일사불란한 항해를 거스른 자가 누굴 것인가, 그것을 생각하고 있는지도 몰랐다. 이제야말로 우리들 손에서 고삐를 낚아채 거머쥐고 목을 옥죄고 싶은 심정일 것이다.

"유대, 넌 알 거다. 형우를 때린 놈들이 기표네 패라는 걸 말이다."

"형우가 그렇게 말했나요?"

"그런 건 아니지만 그건 틀림이 없다. 기표 놈이 아니곤 그런 짓을 할 놈이 없다."

담임은 헐떡거렸다. 양같이 순하게 길들여졌다고 확신했던 자신의 어리석음을 질타하고 있을 것이다.

"선생님, 형우가 뭘 잘못했다는 걸까요?"

내가 짐짓 떠보았다.

우리를 발견한 형우가 재빠른 동작으로 손가락 하나를 퉁퉁 부은 제 입술에 댔다가 떼었다. 나는 고개를 끄덕거려주었다.

"유대야, 너 형우네 집 전화번호 알지?"

학생주임과 함께 서 있던 담임이 물었다.

"모르겠는데요."

나는 시치미를 떼며 형우의 표정을 살폈다. 형우는 얼굴을 찡 그리며 말했다.

"선생님, 제발 저를 그냥 돌아가게 해주세요. 전 아무렇지도 않단 말씀예요"

"인마, 여길 나가기 전에 사실대로 대란 말이다."

학생주임이 다그쳤다.

"말씀드릴 수 없습니다. 제가 잘못한 일로 싸웠는데 왜 친구 들을 괴롭혀야 합니까."

"인마, 넌 싸우지 않았어. 본 사람이 그랬어, 네가 몰매를 맞 더라고."

"아닙니다, 선생님. 제가 먼저 그 아이한테 시비를 걸었던 겁 니다."

"그게 누구냔 말이다."

"말할 수 없습니다."

"왜, 왜 그렇게 생각하니?"

"응, 형우는 자신이 스스로 그렇게 당하길 원했거든."

정수가 무슨 얘기냐는 듯 나를 보았지만 나는 짐짓 딴전을 부렸다.

"죽진 않았을 거다."

우리들이 답안지를 정리해 들고 교무실로 내려왔을 때 교무실엔 넙적이 아가씨 혼자 있었다.

"김 선생님이 빨리 한강병원으로 오라고 하던데요."

"무슨 일이래요?"

"어떤 아줌마가 아까 막 달려와서 학생들이 뒷산에서 사람을 죽인다고 해서 학생주임 선생님이 가봤더니요, 2학년 13반 반장이 혼자 뒹굴고 있더래요."

우리들은 학교에서 가까운 한강병원까지 단 한마디 말도 않은 채 달려갔다. 죽지 않았을 거다. 나는 뛰면서 생각했다. 기표가 사람을 죽일 리가 없지. 기표는……

형우는 응급실 침대에 엉거주춤 누워 있었다. 형우가 외관상 멀쩡해 보이는 데 대한 한 가닥 실망이 스쳤다. 그러나 자세히 보니 형우의 얼굴은 통통 부어 있었고 임시로 잡아맨 넓적다리의 붕대 위엔 꽃송이처럼 선명한 핏자국이 피어올랐다.

"느덜 정말 오늘 왜 이렇게 늦냐?"

우리들은 대답할 수가 없었다.

"어때, 90점 이상 많이 나오냐?"

"하나도 없는데요."

"참 느덜 공부 안 해 큰일 났다."

그때 화학실 문이 열렸다. 넙적이 아가씨가 거기 서 있었다.

"왜, 나한테 전화 왔냐? 여자지?"

그러나 넙적이 아가씨가 헐떡이는 목소리로 말했다.

"전화가 아네요. 선생님 빨리 내려가보세요. 큰일 났어요."

담임선생이 허둥지둥 달려 나갔다. 정수의 얼굴이 하얗게 질리고 있었다.

"유대야, 말하는 건데 그랬다."

"난 네가 말할 줄 알았지."

"아까 네가 말하지 말랬잖아? 난 네가……"

정수는 금방 울음을 터뜨리기라도 할 듯 얼굴을 일그러뜨렸다.

"기표가 안 좋아할걸, 고자질하는 거 말이야."

"그렇지만 형우가……"

"아마 형우도 원하지 않았을 거다."

이다. 그네는 학생부실에 들어가기가 무섭게 기표를 손가락질했다. 저놈, 저놈이 우리 해중일 맨날 불러냈어요! 우리 해중일 망치는 놈이 바로 저놈이라우! 모두 기표를 바라보았다. 기표는 눈썹 하나 까닥하지 않은 채 해중이를 돌아다보았다. 이 새끼야, 내가 느네 엄마 말대로 널 맨날 불러냈나? 소름이 끼치도록 낮고 매서운 추궁이었다. 말해라, 이 녀석아. 왜 사실대로 말 못하는 게야? 해중이 엄마가 퍼댔다. 말해! 기표가 씹어뱉듯 말했다. 해중이가 느닷없이 몸을 와들와들 떨기 시작했다. 그리고 미친 사람처럼 부르짖기 시작했다. 엄마, 기표는 우리 집에 한 번도 안 왔어. 우리 집도 모른단 말이야. 선생님, 접때 그 일은 제가 했어요. 딴 학교 애들하고 그랬단 말예요. 그는 말을 마치기가 무섭게 학생부실 시멘트 벽에 머리를 두어 번 부딪쳤다. 해중이가 병원으로 들려 간 뒤 학생부 선생이 함께 조사를 받던 놈들한테 물었다. 해중이 말이 사실이냐? 기표가 고개를 끄덕거린 다음, 그 쌍새끼— 하고 중얼거렸다. 다른 애들도 모두 기표처럼 고개를 끄덕거렸다. 해중이가 스스로 학교를 물러난 것으로 일은 끝나버렸던 것이다.

"아직 멀었냐?" 담배를 피운 다음 책상에 앉아 잠시 졸고 난 담임선생이 다시 물었다.

그는 몹시 괴로워하고 있음이 분명했다. 형우가 재수파들한테 끌려 학교 뒷산 으슥한 곳으로 갔다는 사실을 내게 전해준 것만으로도 그는 마음이 가벼워질 줄 알았을 것이다. 그러나 그는 지금 그 사실을 나한테 얘기한 것을 몹시 후회하고 있을지도 모른다. 나라면 담임선생한테 그 사실을 쉽게 알릴 수 있으리라고 생각한 자신의 판단이 빗나간 데 대한 당혹감으로 그는 떨고 있을 것이다.

—인마, 느덜이 생각한 것처럼 난 담임선생님의 첩자가 아냐.

나는 다시 정수의 눈에 맞춰 눈싸움을 벌였다. 정수는 금방 울음을 터뜨릴 것 같은 표정이었다. 자칫하다가는 이 녀석이 발광을 할는지도 모른다는 생각이 들었다.

1학년 때 나는 해중이란 아이가 기표 때문에 학교를 그만둔 일을 알고 있었다. 그 애 역시 재수파였다. 다섯 놈이 캠핑을 나가 여학생 하나를 결딴냈다. 피해자 측에서 사생결단하고 덤벼 일이 크게 번졌다. 당한 애가 가해자들의 인상을 말했기 때문에 범위는 대번에 좁혀져 재수파들이 학생부실에 불려갔다. 그러나 그들은 한사코 잡아뗐다. 하루 내내 족쳐도 헛일이었다. 여학생과 대면을 시키겠다고 해도 되레 만나게 해달라고 날뛰었다. 그때 그들 재수파 중의 한 아이 어머니가 학교에 나타난 것

뜸이고⋯⋯.”

나는 실소하며 정수의 눈을 찾았다. 그러나 정수는 고개를 들지 않았다. 아직 채점지 한 권에서 반도 넘기지 못한 채였다. 나는 다시 한 번 속으로 웃고 있었다. 담임선생이 지금 형우가 처하고 있는 상황을 안다면 어떤 표정으로 바뀔 것인가.

“참 알 수 없는 일은 최기표가 들던 것과는 달리 양처럼 순하다 그거야. 몇 번 말썽이 있긴 했지만 그까짓 거야 별거 아니지. 어떻든 그놈도 본성은 착한 놈인데 가정 형편이 꽤 안 좋은가 보더라.”

담임선생은 자기가 부리는 채점 기계의 묵묵한 작업에 눈을 보낸 채 자못 흐뭇한 표정이다.

“다 담임선생님께서 잘 지도해주신 덕분이죠 뭐.”

내가 시치미를 떼면서 말하자,

“아닌 게 아니라 나로서도 그동안 너희들이 이해 못할 애로 사항이 많았다. 인간을 교육한다는 것이 새삼 어렵다는 걸 깨닫게 됐고, 또한 그런 어려움 속에서 교육하는 보람도 얻을 수 있었던 거지.”

정수가 비로소 고개를 들어 나를 쳐다보았다. 그의 이마에 번지르르 땀이 배어나고 있었다. 그의 눈알이 불안하게 움직였다.

우상의 눈물

전상국

학교 강당 뒤편 으슥한 곳에 끌려가 머리에 털 나고 처음인 그런 무서운 린치를 당했다. 끽소리 한 번 못한 채 고스란히 당해야만 했다. 설사 소리를 내질렀다고 하더라도 누구 한 사람 달려와 그 공포로부터 나를 건져 올리지 못했을 것이다. 토요일 늦은 오후였고 도서실에서 강당까지 끌려가는 동안 나는 교정에 단 한 사람도 얼씬거리는 걸 보지 못했다. 더욱이 강당은 본관에서 운동장을 가로질러 많이 외떨어져 있었다. 재수파들은 모두 일곱 명이었다. 그들은 무언극을 하듯 말을 아꼈다. 그러나 민첩하고 분명하게 움직였다. 기표가 웃옷을 벗어 던진 다음 바른손에 거머쥐고 있던 사이다 병을 담벼락에 부딪쳐 깼다. 깨어져 나간 사이다 병의 날카로운 유리 조각이 기표의 걷어 올린 팔뚝에 사악사악 금을 그었다. 금 간 살갗에서 검붉은 피가 꽃망울처럼 터져 올랐다. 기표가 그 팔뚝을 내 눈앞에 들이댔다. 핥아! 기표 아닌 다른 애가 말했다. 내가 고개를 옆으로 비키자 곁에 둘러선 서너 명의 구두 끝이 정강이에 조인트를 먹였다. 진득한 액체가 혀끝에 닿자 구역질이 났다. 오장이 뒤집히듯

역한 것이 치밀었다. 나는 비로소 온몸을 와들와들 떨기 시작했다. 나 자신도 헤아릴 길 없는 거센 공포로 해서 나는 그 자리에 무릎을 꿇고 앉아 두 손을 비벼댔다. 재수파들이 나를 일으켜 세웠다. 내 바지에서 혁대가 풀려 나간 다음 벗겨져 맨살이 드러난 허벅지에 칼끝이 박히는 것 같은 아픔이 왔다. 나는 그들에게 양쪽 겨드랑이를 잡힌 채 몸부림쳤다. 도저히 견딜 수 없는 고통이었다. 칼끝은 상당히 오랜 시간 허벅지에 박혀 있는 것 같았다. 나는 살 타는 냄새를 맡았다. 칼침이 아니라 그들은 담뱃불로 내 허벅지 다섯 군데나 지짐질을 했던 것이다. 소리 질러봐, 죽여버릴 거니. 한 놈이 귓가에 속삭였다. 나는 드디어 허물어져 내리듯 의식을 잃어갔다. 그런 몽롱한 의식 속에서 기표가 씨부렁댄 한마디 말소릴 놓치지 않았다.

—메스껍게 놀지 마!

어처구니없게도 그들이 내게 린치를 가한 이유란 단지 그것이었다. 2학년 재수파들이 나를 첫 표적으로 삼은 것은 내가 그들 눈에 메스껍게 보였기 때문이다.

"유대야, 너 그대로 참을 거냐?"

분식집에서 만난 형우가 슬쩍 내 심중을 떠보고 있었다. 내가 입 한 번 벙긋하지 않았는데도 그 소문은 파다했다. 소문이 쉬

쉬 떠도는 며칠 동안 나는 심한 공포에 휩싸였다. 그 소문이 학교 선생들에게 알려져 문제가 생길 경우 십중팔구 나는 결딴이 나고 말 것이다. 기표는 그런 일을 충분히 해낼 수 있는 아이였다.

"그 새낀 악마다."

형우가 동정 어린 눈으로 나를 충동질했다. 그러나 나는 대답 없이 빙그레 웃어 보였을 뿐이다. 누구에게나 그렇게 해 보였다. 그것은 이미 엄청난 것을 겪어냈다는 우월감 같은 것이었다. 나는 나를 충동질하는 형우의 눈에서 자기도 미지에 당해야 하는 두려움과 아울러 나에 대한 선망이 깔려 있음을 놓치지 않았다. 형우가 기표에게 당할 것은 너무나 뻔했다. 그것은 기표와 같은 배에 오른 우리들의 공동 운명이라고 할 수 있었다.

그날 반 편성이 끝나고 키 순서에 따른 각자의 번호와 교실 좌석까지 다 정해졌을 때 새 담임이 된 김 선생이 입을 열었다.

"이제부터 육십육 명이 운명을 함께하는 역사적 출항을 선언한다. 목적지에 이를 때까지 단 한 사람의 낙오자나 이탈자가 없기를 진심으로 기원한다. 아울러 이 시간 분명히 밝혀두는데 우리들의 항해를 방해하는 자, 배의 순탄한 진로를 헛갈리게 하는 놈은 용서하지 않을 것이다. 우리가 나무를 전정할 때 역행

가지를 잘라버려야 하듯 여러분의 항해에 역행하는 놈은 여러분 스스로가 엄단할 수 있어야 한다. 더 중요한 것은 일년간의 일사불란한 항해를 위해서는 서로 사랑과 신뢰로써 반을 하나로 결속하는 슬기를 보이는 일이다."

새 담임선생은 과학 교사답지 않게 적절한 비유로써 자기가 맡은 반 아이들에게 뭔가 불어넣으려 애쓰고 있었다. 그에게 중요한 것은 무사안일 속의 일 년이었을 것이다.

"고삐는 여러분 손에 쥐어져 있다. 필요하다고 생각할 때 그 고삐를 당겨 여러분 스스로를 제어해주기 바란다. 내가 가장 우려하는 바는 여러분 스스로가 내 손에 그 고삐를 쥐여주는 일이다. 나는 자율이라는 낱말을 좋아한다."

담임선생은 자율이라는 낱말로 요술을 부려 우리들을 묶고 있었다. 어느 연극 잡지에서 완숙한 연출가는 배우 스스로가 연출하도록 유도하는 비결을 가지고 있다는 글을 읽은 적이 있었다. 대단한 담임을 만났다는 기대로 아이들은 가슴을 부풀리며 앉아 있었다. 열네 개 반에서 사오 명씩 떨어져 나와 새로이 편성된 새 반의 분위기는 사뭇 숙연했다. 나는 문득 이런 숙연한 분위기가 우습게 생각되었다. 단 며칠 못 가 형편없이 허물어질 아이들이 목에 잔뜩 힘을 주고 앉아 담임선생의 말을 경청

하고 있는 게 우습게 보였던 것이다. 그들의 긴장을 풀어주고 싶은 충동이 일었다.

"선생님, 우리가 탄 이 배의 선장은 누굽니까?"

내가 불쑥 일어나서 물었다. 선장은 도대체 누구란 말인가. 자율이라는 낱말로 우리를 묶으면서도 실상 우리들 머리 위에 군왕처럼 군림하고 싶은 담임의 저의를 찔러주고 싶었던 것이다. 아이들이 내 느닷없는 물음에 부스럭부스럭 굳은 몸을 풀고 있었다.

"이 배의 선장이 누구냐, 그렇게 묻고 있는 사람의 번호와 이름은?"

담임이 얼굴 가득 미소를 지으며 여유 있게 나를 훑었다. 반격을 당한 나는 얼굴을 붉히며 엉거주춤 다시 일어나야 했다.

"35번 이유댑니다."

"예수를 판 유댄가, 이스라엘 그 유댄가?"

아이들이 와하하 웃음을 터뜨렸다.

"오얏 리, 옥 유, 큰 대 자, 이유대입니다."

"좋았어. 이유대 군이 오늘 이 시간부터 일주일간 2학년 13반의 임시 선장이다. 물론 일주일 뒤에는 새 선장을 뽑겠다. 다시한 번 강조해두겠다. 이 배의 주인은 여러분 자신이다. 이유대

선장, 내 말의 뜻을 알겠나?"

아이들이 와하하 웃으며 박수를 쳤다. 반장 하고 싶어 몸살 난 애라구요. 그렇게 소리 지르는 놈도 있었다. 실로 난처한 입장이 돼버렸다. 한낱 농으로 시작한 일이 담임의 임기응변에 의해 꼼짝없이 임시 반장 감투를 쓰게 되었다. 꽁무닐 빼고 어쩌고 할 기회를 주지 않은 채 담임은 첫 만남을 끝냈다. 이렇게 해서 된 임시 반장이 기표의 비위를 사납게 하는 결정적인 이유가 됐을 것이다.

"어떤가, 약 일주일간 반장을 하면서 느낀 우리 반에 대한 소감은?"

담임선생이 가정방문을 나왔다. 학교에서 만나는 선생과 집에서 만나는 선생의 이미지는 전연 다르게 마련이다. 학교에서보다 훨씬 부드럽게 대해주는데도 공연히 거북스럽고 몸이 찌부러진다. 그래서 우리들이 경험한 바에 의하면 담임선생에게 가정방문을 당한 뒤로는 독 빠진 뱀처럼 맥을 쓸 수 없게 된다. 가정방문을 나온 담임선생은 대개 여러 가지 정보를 얻어내려 부심한다.

"얘네 반 아이들이 좋은 담임선생님을 만났다고 좋아들 한답

니다."

곁에서 엄마가 의례적인 아부의 말을 했고 담임은 내 얼굴에서 눈을 떼지 않은 채 못 들은 척했다. 사실 아이들은 좋은 선생이 어떤 사람인가를 알았다. 좋은 선생이란 조건 없이 아이들의 입장을 이해한 다음 그것을 가볍게 입 밖으로 내지 않는 사람이다.

"어때, 유대가 그대로 반장을 맡는 게?"

이번에는 담임이 엄마의 귀를 겨냥한 말을 했다.

"아닙니다. 전 그런 일이 적성에 맞지 않습니다."

내가 단호한 어조로 말했고 엄마가 거들었다.

"그래요 선생님, 앤 반장 하는 게 죽어두 싫다는군요."

뭔가 아쉬워하면서도 엄마는 내 뜻을 따라주었다. 반장을 하면 성적이 떨어지게 마련이란 내 말을 잊지 않고 있었던 것이다. 남 앞에 나서는 일, 남들보다 한 발짝 높은 데 선다는 일이 얼마나 외롭고 번거로운 일인가를 나는 엄마의 극성에 의해 중학교 삼 년간 반장을 하면서 절실히 체득했던 것이다. 그것은 내게 무서운 구속이었다. 남을 다스리는 그런 자유보다 남에게 다스림 받는 데서 얻는 마음의 평화가 내게는 더 좋았다. 나는 고독하기를 바라지 않는다. 기표 같은 애들이 누리는 지배욕 그

안쪽에 몸을 뒤틀고 있는 고독의 그림자를 나는 어렴풋하게나마 본 것 같았다.

"맞습니다. 사실 유대는 반장을 하는 것보다 공부에 달라붙는 게 더 좋을 겁니다. 아깝지만 유대를 위해서 제가 양보할 수밖에요."

우리의 담임선생은 일을 요령 있고 재치 있게 풀고 마무리하는 명수였다. 아무튼 나는 굴레에서 벗어났고 담임선생의 논리대로라면 누군가 내 대신 희생이 되어야 한다.

"임형우, 걔가 반장으로 괜찮지 않을까?"

일주일 동안 그는 우리들을 상당히 깊게 파악한 것처럼 보였다. 그의 안목은 대단했다. 반장이 되고 싶어 하는 아이를 알고 있었던 것이다.

"형우라면 틀림없습니다."

내 말의 꼬리를 잡아 엄마가 껴들었다.

"형우라니? 어머, 형우하고 또 한 반이 됐니? 선생님, 얘하고 형우는 중학교 때부터 친구랍니다. 걔하고 늘 전교에서 일이 등을 다퉜는걸요. 그룹 과외도 같은 데서 죽 함께 해왔고…… 우리 유대가 늘 앞선 편이긴 했지만…… 그래요, 걘 반장 같은 건 잘할 거예요. 애가 통솔력이 보통이 아네요."

중학교 삼 년 동안 아들에게서 위대한 통솔력이 나타나주기를 고대했던 엄마의 푸념이 깃든 말대로 형우는 반장이 될 만한 여건을 많이 갖추고 있었다. 무게가 있고 때로는 교만하지만 일단 자기가 마음먹은 것은 무슨 일이 있어도 해내는 결단력이 대단했다. 학교 당국의 지시에는 일단 긍정적인 생각을 가지고 임하다가도 어떤 결점이 보일 때는 무섭게 반격을 가하는 용기도 있었다. 한마디로 그는 아이들에게 인기가 많았다.

"어떤가, 우리 반에 크게 문제가 될 만한 애는 없겠지?"

첫 만남에서 담임이 말한, 우리들의 항해에 방해가 될 만한 그런 역행 가지를 귀띔해달라는 것일 게다. 나는 불현듯 담뱃불에 지짐질 당해 아직도 진물이 줄줄 흐르는 내 허벅지를 내보이고 싶은 충동을 받았다. 어쩌면 담임도 내 입에서 기표에 대한 얘기가 나오길 기대하고 있을는지 모른다. 1학년 때의 기표 담임이 기표가 유급생으로서 문제가 많다는 것을 이미 귀띔했을 것이 분명했다. 그러나 나는 입을 열 수가 없었다. 엄마 앞에서 반우를 매도하는 일 같은 건 할 수 없다고 생각한 것이다.

"최기표, 그놈 괜찮을까?"

담임선생이 조심스럽게 내 반응을 살폈다. 나는 내 허벅지의 상처를 내보인 것처럼 기분이 더러워 얼굴을 돌렸다.

011

"최기표라면 1학년 때 낙제해서 한 해 묵었다는 그 애 말이구나?"

엄마는 교육에 관심이 많았다. 학교에서 일어나는 모든 걸 알고 싶어 안달했다. 일주일에 두 번씩 담임선생한테 전화를 걸곤 했다. 그러나 엄마는 가장 가까운 데 있는 내 허벅지의 담뱃불 자국을 알지 못하고 있다. 최기표의 이름을 알고 있으면서도 최기표가 어떤 아이인지를 진정 모르는 어른들에 대해서 내 상처를 내보이는 것은 무의미한 일이었다.

"맞습니다. 걘 유급한 것도 문제지만 보통 말썽꾸러기가 아니지요. 왜, 한눈에 이건 범죄형이다, 그렇게 보이는 얼굴이 있지 않습니까. 걔가 바로 그런 전형적인 범죄형이지요. 음침하고 포악스럽고…… 1학년 때 걔 담임을 한 선생이 그러더군요. 십년감수를 했다구요. 그러면서 나를 동정한다는 얘기였어요. 그 정도면 알쪼가 아닙니까."

"그런 애가 어떻게 여태 퇴학을 안 당했나요. 교칙이 엄하기로 이름난 학군데……"

엄마가 의아하다는 듯 얼굴에 그늘을 깔았다.

"바로 그겁니다. 이놈이 원래 교활하고 지능적이어서 도대체 제적을 당할 만한 큰일에는 직접 앞에 나타나지 않고 뒤로 쑥

012

빠진다 그겁니다. 엉뚱한 놈이 당하곤 하지요. 정학을 몇 번 당하긴 했지만 어떤 결정적 꼬투리를 잡을 수 없으니까 제적을 못시키는 거지요."

기표가 무서워서, 그의 안하무인인 앙갚음이 두려워서 제적을 못 시켰다는 그런 얘기는 할 수 없을 것이다. 어떻든 나는 놀라지 않을 수 없었다. 며칠 사이에 기표에 대해서 이처럼 깊이 파악하고 있다니…… 과연 기표는 이름난 애라는 생각이 들었다. 더구나 기표 얘기를 입에 올리는 담임은 얼굴까지 벌겋게 상기돼 있었다.

나는 문득 이제부터 일 년간 담임선생과 최기표 사이에 치열하게 벌어질 싸움을 상상해보았다. 이제까지의 결과로 미루어 보아 최기표에게 승산이 크다는 생각이 들면서도 우리의 담임선생 또한 그렇게 만만치 않으리란 예감이 들었다. 어쩌면 그 싸움에 임형우도 한몫 끼어들지 모른다. 그가 어떤 편에 서느냐 하는 문제도 퍽 흥미로울 것이다. 아무튼 이처럼 멀찍이 떨어져서 그네들 싸움을 구경한다는 것은 진정 즐거운 일임에 틀림이 없었다.

"이놈들이 옛날과 달라서 선생을 우습게 알기 때문에……"

담임선생은 엄마와 함께 자신들의 교육론을 펴고 있었다.

013

그랬다. 슬픈 일이지만 우리들은 언제부터인가 선생들을 한낱 껄끄러운 존재로 여길 뿐, 오히려 그룹 과외 선생의 완벽함에 더 매료되곤 했다. 그것은 상대적이었다. 우리들이 선생들을 존경하지 않는 것처럼 그들도 우리를 사랑으로 가르치지 않았다. 그렇다고 그룹 과외 선생처럼 철저하게 얼굴에 철판도 깔지 못하고, 어정쩡한 태도를 취했다. 문제는 지배에 대한 견해의 다름이었다. 그네들은 옛날 훈장이 누렸던 권위가 고스란히 쥐어지길 바랐고, 실상 그러한 권위만이 변화된 가치 속에서 그네들이 누릴 수 있는 유일한 보상이었다. 그러나 우리들은 그러한 인습적 권위에 대해서 콧방귀를 날릴 수 있을 만큼 그보다 더 완벽하고 조직적인 분명한 권위의 다스림 속에 몸을 맡기길 좋아하고 있었다. 그 한 가지 예로 우리 엄마는 촌지 봉투로 담임선생을 움직일 수 있다는 확신을 가지고 있었던 것이다.

"선생님, 그 기표라는 애네 집에 가보셨어요?"

무슨 얘기 끝인가 엄마가 물었다.

"아직 못 갔습니다. 1학년 때 담임도 걔 부모를 못 만났다더군요. 놈이 중간에서 훼방을 놓은 거지요. 한양천 뚝방 동네에 살고 있는 건 틀림이 없는데 번지를 제대로 알아도 집 찾아내기가 어렵다더군요. 어떤 애 얘기론 기표 아버지가 중풍으로 드러누

운 폐인이래요."

담임선생은 우리 집 방문을 끝내고 다른 집으로 가는 도중에 내게 말했다.

"유대, 네 도움이 필요하다."

"뭘 말입니까?"

"우리 반을 위해서 네 협조를 받고 싶다는 얘기다. 물론 나는 네가 반에서 일어나는 일들을 일일이 고자질하는 그런 사람이라곤 생각하지 않는다. 다만 내가 원하는 것은 반 전체를 위한 너의 조언이다. 어때, 협조해줄 수 있겠지?"

나는 얼굴에 열기가 끼쳤다. 이것은 치욕이었다. 담임은 나를 자신의 첩자로 삼으려는 것이다. 1학년 때도 그랬다. 나는 담임선생이 원하는 대로 반에서 일어나는 일들을 하나도 빼놓지 않고 담임에게 알렸다. 그것은 즐거운 일이었다. 역사를 만든다고 생각하는 사람들이 바로 그런 즐거움을 느낄 것이다. 내 입에서 전해진 말이 요술을 부려 아이들이 일사불란하게 움직이고 있는 것을 시치미 떼고 바라볼 수 있다는 것은 얼마나 통쾌한 일인가. 아이들을 위해 내가 이바지했다고 하는 자부도 없지 않았다. '우리'를 위해서 내 힘이 쓰이고 있다는 기꺼움 때문에 나는 그러한 고자질을 해낼 수 있었던 것이다. 그러나 나는 내가 어

015

수룩하다고 생각했던 많은 아이들에게 따돌림받았다. 나는 한 낱 '우리'의 힘을 해치는 담임의 첩자였을 뿐이다. 나를 이용해 먹은 담임이 그 사실을 새 담임에게 인계하는 배신을 했다는 걸 안다는 것은 울화통이 터질 일이었다.

"불쾌하게 생각하지 않기를 바란다. 다만 나는……"

내 표정이 꽤 굳어 보였던 모양이다. 담임선생은 내 눈치를 살피며 말했다.

"다만 나는 인간적인 면에서 네 도움이 받고 싶었을 뿐이다."

"선생님, 그런 일이라면 임형우가 잘해줄 겁니다. 선생님이 염려하는 최기표도 형우가 잘 다스려나갈 겁니다. 내일 당장 형우를 반장에 임명하세요."

"그럴까? 네 말대로 임형우가 최기표를 잘 다스려준다면 고맙겠지만…… 내 생각엔 최기표를 부반장에 임명하면……"

"선생님, 기표 한 개인을 위해서입니까, 아니면 기표의 힘을 빼서 반 아이들을 보호하기 위해서입니까?"

담임은 무슨 소리냐는 듯 내 얼굴을 뻔히 쳐다보다가 음모의 한 귀퉁이를 드러내 보인 무안함을 감추기라도 하듯,

"여러 사람에게 해가 되는 그런 힘은 아예 빼버리는 게 좋은 거다."

기표가 이 세상을 살아갈 수 있는 힘은 바로 그런 것에 있는지도 모르는데요…… 이렇게 말하려다 나는 그만두었다. 그 대신,

"선생님, 기표는 유급생인데다 여러 번 정학을 당했잖아요. 그런 아이를 간부로 임명하면 아이들이 좋지 않게 생각할 겁니다."

기표가 학교의 지시 사항을 전달하기 위해 교단 위에 서서 아이들한테 애원하는 광경은 생각만 해도 불쾌하다. 누가 사자를 울 속에 넣어 길들이는 발상을 처음 했는가. 나는 내 허벅지의 상처를 결코 격하시키고 싶지 않았다.

춘계 교내 체육대회를 위해서 우리는 정해진 체육복 외에도 매스게임용 추리닝 한 벌을 사야 했다. 협동심과 조화 속의 미를 창조하는 데 그것은 없어선 안 될 물건이었다. 툴툴거리는 아이도 몇 없지는 않았지만 결국 그들도 그것을 모두 준비했다. 그러나 우리 반에 있는 재수파 두 아이는 끝내 그것을 사 입지 않았다. 담임이 말했다.

"두 사람 때문에 반의 일사불란한 결속이 깨질 수 없다. 두 사람 모두 집이 어려운 걸로 알고 있다. 그래서 담임이 두 사람 것을 준비했다. 받아주면 고맙겠다."

017

한 아이가 기표의 눈치를 살피며 머뭇거렸다. 그러나 기표는 무표정한 얼굴로 창 쪽을 바라보고 있었다. 담임선생이 그 추리닝을 기표와 또 한 아이의 책상 위에 놓은 다음 교실에서 나갔다.

담임선생이 교실을 나가기가 무섭게 기표가 주머니에서 칼을 꺼내 그 추리닝을 찢기 시작했다. 너덜너덜 조각난 추리닝을 쓰레기통 쪽으로 던졌다. 다른 한 아이가 기표처럼 그렇게 추리닝을 찢었다. 기표가 반의 총무를 맡고 있는 정수라는 애한테 다가갔다.

"야, 네 추리닝 나 줄 수 없냐?"

정수가 고개를 끄덕거렸다. 정수 뒤의 애한테도 같은 말을 했다.

"쟤도 나처럼 돈이 없어 못 사 입었다. 네 것 좀 얻자. 줄래?"

정수 뒤에 앉은 애도 고개를 끄덕거렸다. 이렇게 해서 우리 반 육십육 명 모두는 매스게임용 추리닝을 입게 되었다.

우리가 볼 때 기표는 구제 불능이었다. 그의 환경이 그를 그렇게 만들었다고 보기보다 선천적인 어떤 포악성을 가지고 있는 것처럼 보였다. 냉혈동물처럼 피가 찬지도 몰랐다. 그는 뱀처럼 작고 징그러운 눈을 가지고 있었다. 그는 교활한 자들이 가끔

보이는 그런 거짓 착함마저도 나타내 보일 줄 몰랐다. 철저하게 악할 뿐이었다. 평생을 두고 사랑이라는 낱말로 미화될 수 있는 행동거지를 해 보일 인간과는 거리가 멀었다. 물론 그는 자신의 그런 포악성 때문에 누구에게도 사랑받지 못한다는 것을 알고 있었는지도 모른다. 그의 표정은 항상 독기를 음울하게 깔고 있어 맞서는 사람으로 하여금 섬뜩함을 느끼게 했다.

그런데 이해하기 어려운 것은 중학교 때부터 기표를 알고 지내온 아이들(대부분 3학년이거나 졸업했다)이 기표가 그처럼 철저하게 나쁜 애임에도 불구하고 그에 대해서 좋지 않게 말하는 것을 들어본 적이 없다는 것이다. 물론 좋은 애라고 말하는 일도 없었지만 아무도 기표를 욕하지 않았다. 피해를 직접 받은 애들마저도 기표에 대해 나쁘게 말하지 않았다.

말하길 꺼리는 거야. 악에 대한 공포 때문이지.

나는 이렇게 생각해보았다. 그러나 나는 내 생각이 옳지 않음을 내 자신의 경험으로 너무나 잘 알고 있었다. 기표에 대한 공포는 그에게 린치를 당할 때뿐이었다. 내가 린치를 당한 사실을 아무에게도 털어놓지 않은 것은 앙갚음에 대한 두려움 때문이 아니었다. 나는 또한 그처럼 무자비한 린치를 당했으면서도 그를 미워할 수가 없었다. 무언가 헤아릴 수 없는 힘이 그에게 있

019

는 것 같았다.

"형!"

동급생이면서도 우리들은 2학년에 재학하는 유급생 이십여명을 매우 정중히 대했다. 그것은 재수파들을 이끌고 있는 기표에 대한 우리들의 당연한 예우였다.

"야, 체육복 좀 빌려줘라."

유급생들을 잘 몰라보고 말을 함부로 놓는 아이들이 더러 있었다. 그럴 때 그 아이는 영락없이 얻어터졌다. 일의 전후 사정을 따지지 않는 게 기표가 행하는 악의 특징이었다.

—명칭, 조직의 목적, 모임의 횟수를 모두 대라구!

교실에서의 집단 구타 사건으로 그들이 걸려들었을 때 학생주임은 전말서를 내밀며 소리쳤다. 기표들은 1학년 때부터 음성 서클로 지목되어 수차례 조사를 받아왔다. 그러나 학생주임은 번번이 그들에게서 아무것도 알아내지 못했다. 그들에 대해 알고 있는 게 너무 형편없었기 때문이다.

재수파는 우리들이 편의상 붙인 이름이었을 뿐이다. 조직이 아니기 때문에 어떤 목적이나 정기적인 모임 같은 게 없었다. 동물 영화를 보면 밀림을 달리는 맹수 떼들은 한 리더를 중심으로 해서 같은 방향으로 달려간다. 그들도 그랬다. 그냥 기표를

중심으로 그들은 모였고, 계획된 것이 아니라 지극히 우발적인 폭력이 그들에 의해서 저질러졌을 뿐이다.

기표는 교실에서 담배를 피웠다. 그의 담배 은닉처는 고흐의 자화상이 있는 액자 뒤쪽이었다. 쉬는 시간이면 그는 액자 뒤쪽을 더듬어 담배를 꺼냈다. 미션 계통의 학교라 일주일에 몇 번씩 있는 채플 시간을 통해 교목이 인간 양심의 타락을 개탄했다. 바로 그러한 시간에 기표는 주번을 대신해서 교실에 남아 담배를 피우거나 아이들 도시락을 먹어버리는 일을 했다. 그는 적어도 하루 두 개의 도시락을 축냈다. 아무도 그것을 항의하지 않았지만 기표 또한 미안해하는 표정이나 사과의 말을 남기는 법이 없었다.

기표들에게 린치를 당하고 학교 골목을 절뚝거리며 나오던 그 고통스럽고 긴 시간 내가 생각한 것은 기표야말로 우리들이 흔히 말하는 악마의 자식이 아닐까 하는 것이었다.

내가 이런 생각을 얘기해도 될 만한 집안의 어떤 형에게 말했더니 그가 대답했다,

—맞다. 신이 매우 거북하게 생각하는 악마란 바로 네가 말한 놈처럼 착함을 가질 수 있는 가능성이 전혀 없는 그런 순수한 악마지. 그러한 순수한 악마만이 신을 돋보이게 하기 때문에

신은 마음속으로 괴로운 거야. 그렇기 때문에 신은 결코 악마를 영원히 추방하지 않아. 항상 곁에 두고 자신을 돋보이게 하는 일에 그것을 이용할 뿐이지.

5월 중간고사가 끝나는 날 오후 반장인 임형우가 드디어 재수파한테 당했다. 아무도 상상하지 못한 일이었다. 그처럼 근본이 포악한 기표마저도 형우의 얘기라면 귀를 기울이곤 했었다. 그처럼 형우는 모든 아이들의 인심을 살 줄 알았다. 형우의 성실성이, 남을 위해 자기를 던질 줄 아는 의협심이, 그의 천성적으로 착하게 보이는 외모가 아이들을 사로잡았다. 형우에 대한 다른 반 선생들의 호감은 보통이 아니었다. 형우는 특히 기표에게 잘해주었다. 아우가 형을 대하듯 스스럼없이 사랑해주었다. 그렇다고 유독 그의 환심을 사려고 노력하는 것 같지도 않았다. 물론 다른 아이들이 기표에 대해 갖는 그런 공포 같은 것도 없어 보였다.

그런데 5월 고사에 이르러 형우가 결정적 실수를 했다. 시험을 며칠 앞둔 어느 날 형우가 반에서 성적이 괜찮은 몇몇 아이를 모았다.

"두 사람을 조금씩 도와주자."

그가 제의했다.

"이번 시험을 잘 못 보면 또 낙제할 가능성이 있다고 담임선생님이 말했다."

"나쁜 낙제 제도 때문에 그들이 구제 불능의 상태에 놓이도록 방관하는 것은 옳지 못한 것 같다. 물론 공부를 잘 못하는 것은 그들의 책임이다. 그러나 책임으로 그들을 추궁하기에는 그들이 너무 한심한 상태라는 사실이다."

"결국 동정하자는 거군."

어떤 아이가 말했다.

"인간을 구제한다는 것은 값싼 동정과는 근본적으로 다르다."

"다투고 싶지 않다. 결국 우리가 어떻게 돕자는 거냐?"

먼저 아이가 물었다.

"조금씩만 돕자."

"결국 부정행위를 하란 말이냐?"

"그렇다. 커닝이 교칙에 위반된다고 해서 하기 싫으면 안 해도 좋다. 나는 다만 너희에게 부탁했을 뿐이다."

"걸렸을 때는?"

"모든 책임은 내가 진다. 내가 시켜서 했다고 해라."

우리는 형우의 단호한 어조에 감명을 받았다.

"걔들이 우리들의 도움을 거부하면?"

023

어떤 애가 그런 우려를 내놓았다. 충분히 있을 수 있는 일이 었다.

"거부하지 않을 것이다. 4월 고사에서 내가 약간 시도해보았기 때문에 자신할 수 있다."

나는 형우의 눈꼬리에 매달린 교활해 뵈는 웃음을 보았다. 나는 참지 못하고 말했다.

"누구를 위해서 그렇게 하자는 거냐? 기표냐, 아니면 우리들 자신이냐?"

"유대, 네 말은 대답할 가치가 없다고 생각한다."

"대답해라. 대답 못할 것도 없을 텐데?"

내가 빈정거리는 투로 다그쳤다.

"그렇게 해주는 것이 옳다고 판단했기 때문이다. 왜 옳은가는 네 자신이 생각해도 된다."

"네 의협심을 존중한다."

내가 간단히 손을 들어버리자 형우가 당연하다는 듯이 씨익 웃었다.

"이왕 얘기가 나왔으니 말이지만 이 일은 우리 모두를 위해서 하는 것이라고 생각해도 좋다. 최소한 반장인 내가 기표의 환심을 사려는 개인적인 일이 아니라는 것만 알아줘라. 마지막으로

부탁할 것은 이 일이 내 제안에 의해 이루어졌다는 걸 기표가 모르도록 해달라는 것이다."

우리들은 형우의 말을 믿었다. 자기가 모든 것을 책임지겠다고 하는 얘기도 그의 진심으로 받아들였다. 4월 중순께 기표가 3학년 형을 구타한 일로 벌을 받게 됐을 때 학급 전원이 서명해서 기표를 구하기 위해 일사불란하게 움직였던 것처럼 우리는 형우의 지시에 따라 세심한 계획을 짜고 시험 날짜를 기다렸다. 무슨 과목은 누가 어떤 방법으로 도와준다는 등 그들이 또다시 유급하지 않을 정도의 점수를 올리기 위해 우리들은 빈틈없이 준비했다. 남을 위해서 일한다는 것이 마음에 이다지 큰 기꺼움을 준다는 것도 비로소 알게 되었다.

사흘간 계속되는 중간고사 첫날이었다. 기표와 대각으로 앉게 된 정수가 자리의 이점을 이용해서 답안지를 바른쪽 허리께로 내리밀어 기표가 보기 좋게 해주었다. 첫 시간에 기표가 정수의 그러한 호의를 어떻게 받아들였는지는 알 수 없었다. 다만 그는 퇴장할 수 있는 30분이 되자 제일 먼저 답안지를 놓고 나갔을 뿐이다. 시간이 끝나고 답안지를 거둔 아이의 말에 의하면 기표의 답안지는 거의 백지에 가까웠다고 했다. 둘째 시간은 영어였다. 총무를 맡은 애가 시간 중간쯤에 문제 번호와 답을 쓴

025

커닝 페이퍼를 몇 사람 손을 거쳐 기표에게 전달했다.

그것이 문제였다. 기표가 벌떡 일어나 시험 감독 선생 앞으로 걸어 나갔다.

"어떤 새끼가 이걸 저한테 전해 왔습니다."

그는 시험 감독으로 들어온 선생한테 쪽지 한 장을 내밀었다. 그리고 제자리에 돌아와 앉으며 사방을 적의 깊게 둘러보았다. 기표의 입가에 간특한 미소가 고물고물 기어 다녔다.

감독으로 들어온 이는 마음 너그럽기로 이름난 영어 선생이었다. 그는 기표가 내놓은 종이쪽지를 한참 들여다본 후에 말했다.

"누가 이 메모지를 지금 저 학생한테 전달했나?"

문제 풀기에 여념이 없던 아이들이 한 번씩 고개를 들었다간 다시 문제로 돌아갔다.

"누군가?"

그래도 대답이 없었다.

"어떤 새끼야?"

이번에는 기표가 자리에 앉은 채 으르렁거렸다.

"선생님, 제가 그랬습니다."

반장인 임형우가 벌떡 일어섰다. 감독 선생이 어이없다는 듯

026

허허 웃었다.

"아닙니다. 그건 제가 썼습니다."

불쑥 딴 자리에서 또 한 애가 일어섰다. 총무를 맡아보는 애였다.

"아닙니다. 제가 그랬습니다."

다른 아이 하나가 또 일어섰다. 함께 모의를 했던 아이 중의 하나였다.

"접니다."

또 다른 놈이 일어섰다. 접니다. 접니다. 사방에서 아이들이 우르르 일어섰다.

허, 허허, 허허허…… 감독 선생은 이 어처구니없는 사태에 어리둥절한 모양이었다. 기표의 얼굴이 노랗게 질렸다.

"자, 모두 앉아요."

감독 선생이 뭔가 사태를 파악한 듯 이삼십 명의 아이들을 자리에 앉도록 지시했다. 아이들이 다 자리에 앉은 다음, 그 나이 많은 감독 선생이 말했다.

"오늘 이 일은 전연 없었던 것으로 해두기로 한다. 아주 훌륭한 사람들이 모인 반이라는 생각이 든다. 종이쪽지를 가지고 여기 나왔던 사람의 곧은 정신이나 우정이 무엇인가를 여실히 보

여준 여러분 모두의 결의는 대단히 훌륭했다."

일은 이런 방향으로 매듭지어졌다. 그 시간이 끝나자 아이들은 숨을 죽이고 기표를 살폈지만 그는 자리에 보이지 않았다. 끝 시간인 셋째 시간도 별일 없이 끝났다. 종례가 끝나고 청소 시간까지 아무런 일이 없었다.

"유대야, 담임이 아까 오라고 한 사람들 빨리 교무실로 오래."

한 애가 내게 말을 전해 왔다. 종례가 끝나고 교무실로 돌아가던 담임이 복도에서 나를 불러내 청소가 다 끝난 뒤 나와 반장 그리고 정수를 교무실로 오라고 했던 것이다.

함께 교무실로 가려고 찾으니 반장도 정수도 보이지 않았다. 나는 운동장으로 내려가는 계단 옆 휴게실까지 가보았다. 거기에도 그들은 없었다. 교무실에 먼저 가 있겠거니 하고 계단을 올라서는데 정수가 학교 후문 있는 데서 뛰어오면서 손짓하고 있는 게 보였다.

"반장은 어디 갔나?"

담임선생은 그날 끝낸 화학 시험지의 답안지를 정리하면서 건성으로 물었다.

"아무리 찾아도 보이지 않아 저희들만 왔습니다."

나는 정수의 얼굴을 쳐다보지 않은 채 대답했다. 곁에 선 정

수의 숨소리는 아직도 고르지 않았다.

"응, 됐어, 너희들 둘이 해도 되겠지."

짐작했던 대로였다. 우리는 담임선생님의 채점 기계로 호출된 것이다. 답안지를 든 담임선생님을 따라 우리는 화학실로 올라갔다.

"나 화학실에 있다고 사환 애한테 알려줘라. 밖에서 전화 올 게 있어서 그런다."

복도에서 담임이 말했다. 내가 아래층 교무실로 뛰어 내려갔다. 우리들 사이에 넙적이라고 불리는 여자 사환 애가 만화책을 보고 있었다.

"우리 담임선생님 화학실에 계셔. 무슨 일 있으면 그리 연락하라고!"

넙적이가 고개를 들지 않은 채, 알았어, 했다.

우리는 담임선생과 함께 아이들의 답안지에 ○×를 해나갔다. 맞은 것 틀린 것, 좋은 답 나쁜 답, 착한 놈 나쁜 놈…… 우리들이 동그라미 하나 더 치면 그 아이는 5점이 올라갈 수 있었다.

"야, 느덜 오늘은 속도가 느리구나."

담임의 말은 사실이었다. 우리는 다른 때와 달리 몇 장 넘기지 못하고 있었다. 정수나 나나 매한가지였다. 정수는 눈에 띄게

029

허둥거리고 있었다. 나 역시 답안지의 내용이 자꾸 헛갈렸다. 적어도 일곱 명쯤의 재수파들 속에 형우가 무릎을 꿇고 와들와들 떨고 있을 것이다. 명치를 찌르는 주먹, 정강이뼈를 겨냥한 구둣발 세례, 피가 꽃망울처럼 솟아오르는 기표의 팔뚝, 허벅지를 태우는 살 냄새…… 하나, 두우울, 세에엣, 네에엣, 다아…… 아악. 소리 질러봐, 죽여버릴 거니! 석공이 돌을 다듬듯 완벽한 솜씨로 그들은 형우의 육체와 영혼을 주장질시키는 일에 탐닉하고 있을 것이다. 형우는 지금 어떤 표정으로 무슨 생각을 하고 있을까. 정수가 담임에게 일러바쳐 지금쯤 자기를 구원해주러 오는 사람들을 기다리고 있을 것인가. 아니면 죽기를 각오하고 그들에게 도도한 자세를 보일 것인가. 나는 짐짓 정수의 눈을 찾았다. 나를 바라보는, 정수의 눈이 애원하듯 타고 있었다. 그렇게 무서우면 네가 말해! 그런 뜻의 눈짓을 내가 보냈지만 목덜미를 더욱 벌겋게 달구며 고개를 꺾었다.

"너희들이 잘해줘서 올해는 퍽 수월하게 넘어갈 것 같구나."

담임선생은 채점하는 일을 멈춘 뒤 담배를 피워 물었다.

"반장이 생각했던 것보다 잘해주는 것 같단 말이야. 느이들이 아다시피 우리 반이 2학년 전체에서 제일이거든. 지난 춘계체육대회 때 종합 우승이며 이번 이사분기 납부금 실적도 단연 으